7FATES
CHAKHO
WITH BTS

7FATES
CHAKHO
WITH BTS

7 FATES

CHAKHO

WITH BTS

7 FATES
CHAKHO
WITH BTS

7 FATES

CHAKHO

WITH **BTS**

7FATES

CHAKHO

WITH **BTS**

기획/제작
HYBE

공동기획

7 FATES

CHAKHO

WITH **BTS**

3
WEBNOVEL

학산문화사

차례

제26화 떨어진 명예 22

제27화 살려주세요 38

제28화 영웅 54

제29화 잡종 70

제30화 척살검 86

제31화 포수 part 1 102

제32화 포수 part 2 118

제33화 원하는 바다 134

제34화 허서 152

제35화 그것 168

제36화 저게 뭐야? 184

제37화 분열 200

제38화 후포 216

제 26 화
떨어진 명예

"우리를 구하러 온 사람들이 있었어요. 저랑 비슷한 또래인데⋯⋯, 그 사람들이 아니었다면 우리는 모두 그곳에서 죽었을 거예요."

범에게 납치당했던 사람들을 구해준 무리가 있다는 건 이미 알려진 사실이었다.

경찰 발표에 따르면 모두 일곱 명으로, 그중 한 명은 그곳에 갇혀 있던 피해자 중 한 명이었는데 무시무시한 힘을 발휘했다고 한다.

하지만 다음에 이어진 증언은 그 자리에 있던 누구도 상상하지 못했던 것이었다.

"정말로 강한 것 같은 범이 들어왔는데⋯⋯, 그래서 그 사람들이 싸우고 있는데…… 같은 범 사냥꾼이 그 사람들한테 총을 쐈어요. 총을 쏜 범 사냥꾼 손목에는 문신이 있었어요. 나비 문신."

나비 문신을 가진 범 사냥꾼.

호랑나비.

이제 '군'이라고 불리게 된 호랑나비의 영향력은 대단했다.

그런 와중에 호랑나비 군 소속의 사냥꾼이 사람들을 구하러 간 다른 사냥꾼을 쐈다는 증언에 기자들조차 할 말을 잊었다.

하지만 그걸 목격한 게 한둘이 아니었다.

다른 생존자들도 나서서 그때 벌어진 기가 막힌 상황에 대해 떠들어댔다.

그날 올라온 뉴스 동영상 아래에 증언의 진실 여부를 두고 설왕설래하는 수천 개의 댓글이 달렸는데, 그 댓글 중에 추천 수가 유독 많은 댓글이 하나 있었다.

[저거 거짓말 아님. 나 그날 A 백화점에 있었는데 호랑나비 봄. 사인이나 받을까 했는데 범들이 갑자기 나타났고, 사람들이 막 도와달라고 하는데 호랑나비들이 다 도망침. 나중에 범

이 엄청 크게 우는 소리 들리고 백화점이 막 흔들렸는데⋯⋯
그 지진 아니었으면 우리 다 죽었을 듯.]

그 댓글에도 댓글이 달렸다.

[저도 거기 있었어요. 어떤 아주머니가 자기 애라도 살려달
라면서 막 붙잡는데 발로 차고 가버리는 거 보고 심장 떨어질
뻔. 애는 막 울고.]

[와, 그 사람들이 호랑나비였음? 나도 봄. 미친. 제일 먼저 도
망치던데?]

[호랑나비 진짜 쪽팔리겠네. 지들이 범들 없는 세상을 만들
어줄 거라고 하더니.]

[원래 나비는 날아다님. 그래서 날아간 것뿐임. 호랑나비가
날아서 튀었다고 해도 죄는 없음.]

[그런데 그날 지진이 났다고? 지진 없었는데.]

[A 백화점 근처에만 지진이 있었나 보지.]

[지진이 그렇게 A 백화점 근처에만 나고 그럴 수가 있나?]

[지진이고 뭐고 호랑나비는 박멸해야 하는 수준 아님?]

호랑나비의 세력이 점점 커지면서 안 좋은 평가가 가끔 나
오기는 해도 좋은 평가가 더 많은 시기였다.

어떤 사람들은 자잘한 범 사냥꾼 팀들을 전부 호랑나비 군

에 편입시켜서 관리하는 게 좋지 않겠느냐는 주장도 펼치고 있을 때였다.

하지만 호랑나비의 팀원들이 벌인 만행이 알려지자 마른 풀에 불을 붙인 듯 여론이 들끓었다.

호랑나비가 너무 커지는 게 마음에 들지 않았던 다른 범 사냥꾼 팀들은 이때다 싶어서 호랑나비를 물어뜯는 일에 힘을 아끼지 않았다.

그들은 인터넷 방송 BJ를 고용해 그날의 생존자와 A 백화점에 있던 목격자들을 불러놓고 그 일에 대해 자세히 증언하게 했다.

사람들은 호랑나비를 욕하고, 그날 사람들을 구하러 호랑이 굴에 들어간 7인을 궁금해했다.

"대장, 5팀 팀원이 반 이상 빠져나갔습니다."

모니터를 노려보는 동철에게 부하가 조심스레 말했다.

부릅뜬 동철의 눈에 핏발이 서 있었다.

호랑나비의 평가가 떨어지면서 팀원들이 하나둘 호랑나비를 그만두기 시작했다.

10개가 넘던 팀이 이제는 5개 수준으로 줄었다.

인정받는 삶을 살고 싶었던 동철에게 호랑나비 군은 그 발판이 되어줄 터였다.

이제 딱 한 걸음 남았다고 생각했다.

정부에서 호랑나비 군을 신시 공식 범 사냥꾼 집단으로 인정만 해준다면, 의원, 더 나아가 이살 그룹의 환웅과도 어깨를 견주는 자리에 설 자신이 있었다.

오랜 염원이 이뤄지기까지 딱 한 걸음 남았었는데.

지금 벌어진 상황은 일보후퇴 정도가 아니라 뒤로 만 보는 물러났다.

이런 상황에서 동철이 할 수 있는 일은 많지 않았다.

"대장, 어떡할까요?"

동철의 대답이 없자, 부하가 다시 한번 물었다.

모니터를 뚫을 듯 응시하던 눈동자가 부하에게로 향하자 부하가 움찔 어깨를 떨었다.

동철의 콧등이 실룩거렸다.

"성진이, 이 새끼 어디 있어?"

성진은 집을 놔두고 2구의 어느 저택에 숨어 있었다.

몇 차례나 범의 습격을 받았던 2구는 거의 폐허나 다름없었다.

거주자들은 집보다 목숨이 소중했기에 집을 버리고 2구를 떠났다.

노숙자들조차 찾지 않는 곳이기에, 숨어 있기에 이보다 적당한 곳이 없었다.

'동철이 형님은 날 죽이겠지.'

이런 신세가 될 줄은 몰랐다.

A 백화점에 범들이 들이닥칠 때, 그 안에 있는 사람들이 모조리 죽을 줄 알았다.

살아남지 못하면 증언도 하지 못한다.

어차피 몰살할 테니, 그들 앞에서 이미지 관리를 할 필요도 없었다.

'씨X. 우리가 아무리 사냥꾼이라도 그 많은 범 새끼들을 상대하는 게 가능하기나 하냐고.'

설령 정의감에 불타서 그곳에 남았더라도 그 많은 범을 이길 수는 없었을 것이다. 범 사냥꾼이라고 해서 천하무적이 아니었다.

그런데 무슨 일이 벌어진 건지 A 백화점에는 피해자가 거의 없었다.

증언에 따르면, 범이 우짖는 소리와 함께 지축이 흔들리자 갑자기 범들이 움직임을 멈추더니, 두리번거리다가 썰물처럼 빠져나갔다고 한다.

대단한 범이 인간을 죽이지 말라고 명령이라도 한 걸까?

하지만 왜? 범이라면 응당 인간을 잡아먹어야 하는 거 아닌가?

"거기서 싹 다 죽었더라면 좋았을 텐데⋯⋯."

그날 집에 돌아온 성진은 A 백화점의 생존자가 있다는 뉴스를 보게 되었다.

혹시나 싶어서 사무실에 가지 않고 동향을 살피자, 아니나 다를까 A 백화점에서 벌어진 일을 증언하는 사람들이 나왔다.

집에 숨어 있어서 될 일이 아니라는 걸 깨달았다.

성진은 그 뉴스가 나오자마자 이곳 2구로 도망쳤다.

"그 멍청한 새끼는 죽이려면 제대로 죽여야지, 그걸 못 죽여?"

원망은 경태 팀에게로 향했다.

"이건 전부 그 새끼들 때문이야."

생존자들은 '범의 울음소리'와 함께 지축이 흔들렸다고 했지만, 성진은 그 일이 제하 일행과 관련 있을 거라고 확신했다.

생존자들은 제하 일행의 외모를 묘사하며, "목숨을 걸고 우리를 구해준 사람들"이라고 표현했다.

사람들은 이제 호랑나비가 아닌 이름 모를 7인에게 열광하고, 그들이 누군지 알고 싶어 했다.

동철이 걱정하던 상황이 벌어진 것이다.

"씨X. 난 진짜로 죽을 거야."

동철은 일을 그르친 성진을 가만 놔두지 않을 것이다.

물론 경태도 무사하지는 않으리라.

성진은 두 손으로 머리를 거머쥐었다.

"하, 진짜 어떡하지?"

동철이 살아 있는 한, 신시에서 살아갈 수가 없다.

교도소를 제집처럼 드나들던 동철은 발이 넓었다.

게다가 호랑나비의 명성이 아무리 떨어졌다 해도 아직 바닥까지 떨어진 건 아니다.

동철은 어떻게든 호랑나비의 명성을 끌어올릴 거고, 여전히 동철을 위해 살인도 불사하는 이들이 그의 곁에 남아 있을 것이다.

"제하, 그 새끼네 팀에 붙을까?"

불가능한 일이었다.

제하 일행에게 한 짓이 있으니 제하가 받아줄 리 없었다.

지금 이 상황에서 성진이 목숨을 부지할 수 있는 방법은 하나였다.

제하 일행이 이보다 더 인기가 많아지기 전에.

"그놈의 목을 잘라서 동철 형님에게 바치면……."

정상참작을 해주실지도.

"범이 있지, 떡 하나 주면 안 잡아먹는다더라."

"뭐야, 그게? 지금 농담할 분위기 아니거든."

"진짜야. 우리 조카가 저번에 서점에서 범을 만났대. 그런데 떡 하나 주면 안 잡아먹는다고 했대."

"네 조카, 6살 아냐?"

"맞아."

"원래 그 나이 때 애들은 거짓말 많이 한다더라."

"야, 내 조카가 거짓말쟁이라는 거야, 지금?"

티격태격하며 걸어가는 소영과 성준의 뒤를 따라가며 정미는 마른침을 꼴깍 삼켰다.

쟤들은 무섭지도 않나?

"아니, 말이 안 되잖아. 범이 하는 짓을 잊었어? 사람을 막 찢어서 먹는대. 그런데 떡 하나 주면 안 잡아먹는다고 했다고? 거기다 네 조카가 범을 만나고도 살아남았다고?"

"진짜래도. 조카네 선생님도 봤대. 진짜 무시무시했는데 살려줬다더라. 착한 아이는 안 잡아먹으니까 착하게 살라면서."

"그럼 넌 잡아먹히겠네."

"야, 너도 마찬가지거든."

정미는 소영과 성준의 목소리가 너무 큰 게 신경 쓰였다.

그들은 지금 1구에 와 있었다.

제일 처음으로 범들의 습격을 당하기 시작한 1구는 낮인데도 밤처럼 어둑한 느낌이 드는 곳으로 변해 있었다.

정미는 1구에 친구가 살아서 몇 번 온 적이 있었는데, 그때 왔던 곳과 같은 곳인지 의심스러울 지경이었다.

인기척이 전혀 없는 그곳은 짐승도 찾지 않는 듯 고요했다.

"저기, 얘들아."

정미가 작게 불렀지만, 소리 높여 네가 더 못됐네 어쩌네 하는 친구들의 귀에는 닿지 않았다.

"저기, 얘들아."

참다못한 정미가 둘의 어깨에 손을 얹자.

"꺄아아아아아!"

"아아아아악!"

친구들이 비명을 질렀다.

정미도 깜짝 놀라서 "으아아아악!" 비명을 지르자, 소영이 정미의 팔을 아프지 않게 때리며 말다.

"야, 네가 놀라게 해놓고 왜 네가 소리를 질러?"

"아, 진짜 깜짝 놀랐네."

친구들의 말에 정미는 안도의 한숨을 내쉬었다.

"뭐야, 그런 거였어? 나는 너희가 범이라도 보고 비명을 지르는 줄 알았잖아."

"어휴, 여기서는 그렇게 조용히 다가와서 건드리고 그러면 안 된다고. 뭐가 튀어나올지 모르는데."

"그런 거치고는 너무 큰 소리로 떠들던데."

"내가 언제……!"

그랬냐고 하려던 소영은 정미의 말이 옳다는 걸 깨닫고 목소리를 낮췄다.

"우리 목소리 그렇게 컸어?"

대답은 그들의 뒤에서 들려왔다.

"그래, 꼬맹이들. 너무 크던데?"

제 27 화
살려주세요

"꺄아아아악!"

"으아아아악!"

"아아아악!"

낯선 목소리에 그들은 다시 비명을 질러댔다.

그들이 아우성을 치며 도망치려는데, 날 듯이 훌쩍 땅을 박차고 뛰어오른 상대가 그들의 앞을 막아섰다

"그만 좀 깩깩거려!"

상대의 외침에 그들은 소리 지르는 걸 멈추고 상대를 응시했다.

겁에 질린 그들의 눈에 눈물이 차올랐다.

상대는 아무리 봐도 평범한 인간으로는 보이지 않았다.

낡아서 누더기처럼 보이는 망토를 두르고 후드를 깊이 뒤집어써서 얼굴이 잘 보이지 않았지만, 피부색이 이상할 정도로 녹색이 섞여 있었다.

게다가 기묘하게 뒤틀린 손가락은 너무 길었다.

'역시 무기 같은 걸 구하러 오는 게 아니었어…….'

정미는 울고 싶었다.

며칠 전, A 백화점 사건이 크게 터져서 호랑나비의 명예가 바닥에 떨어지고 있을 때.

소영이 말했다.

"우리, 무기 사러 가자. 무기를 싸게 파는 사람을 찾았어."

"웬 무기?"

"이제 우리도 우리 한 몸 지킬 힘이 있어야 해. 범 사냥꾼만 믿을 수는 없어. 호랑나비 봐봐. 범들이 왔는데 자기들끼리 살겠다고 도망쳤잖아."

그때는 다른 친구들도 다 같이 있어서 두려움을 몰랐다

소영의 말이 옳다고 생각했다.

그 대단한 호랑나비가 범들이 무서워 사람들을 내팽개치고 도망쳤다는 건 아무 힘 없는 평범한 사람들에게 큰 충격을 안겨주었다.

정미의 부모 역시 며칠 전부터 무기를 구해야 하는 거 아니냐는 이야기를 하던 터였다.

"사냥꾼들이 파는 무기는 진짜로 비싸대. 우리가 그런 걸 살 수 있을까?"

"어차피 사냥꾼들 무기는 우리가 써봐야 제대로 쓰지도 못해. 평범한 총 하나라도 없는 것보다는 낫잖아. 여차할 때 쏘면 되니까."

총이라니.

하지만 그런 세상이었다.

제 한 몸 지키기 위해서 집에 총 한 자루는 놔둬야 하는 세상.

"요새는 사냥꾼들도 총 구하기 힘들다던데……."

"그러니까, 그 총을 판다는 사람을 찾았다니까? 그것도 엄청 저렴하게."

엄청 저렴하다고 해도 100만 원이 넘었다.

하지만 그들에게는 그동안 모아둔 세뱃돈이며 용돈이 있었다.

거기다 부모님에게 참고서를 산다고 하고 돈을 좀 더 받으면 만들 수 있는 금액이었다.

어차피 부모님도 무기 구하는 걸 고민했으니 무기를 구해서 가면 혼내지 않을 것이라는 게 그들의 생각이었다.

무기상은 무기를 구하려면 1구로 오라고 했다.

아직 깊이 생각하지 못하는 열혈 고등학생들은 그 말을 의심하지 않았다.

1구가 폐허가 되었다고는 해도 그렇게 무섭진 않았다.

세 명이 함께 가는 거라서 모험을 떠나는 기분까지 들었다.

자신들이 어리석었다는 걸 눈앞의 남자를 보고 나서야 깨달았다.

후드 아래로 보이는 입술이 비죽 올라가자, 그 안에 자리 잡은 날카로운 이빨이 드러났다.

'범이야. 범인 거야. 우리는 범한테 속은 거야.'

들은 것과 달리 체구가 작기는 하지만 범인 게 분명하다고 정미는 생각했다.

다른 친구들도 같은 생각을 한 듯, 도망칠 생각도 못 한 채 바들바들 떨며 훌쩍거리고 있었다.

"사, 살려주세요……."

소영이 말했다.

"제발…… 제발 살려주세요. 다시는 안 그럴게요……. 어흑…… 살려…… 흐흑……. 저희 집은 자식이 저 하나뿐이란 말이에요. 흑…… 살려주세요……. 잘못했어요."

"저, 저도요. 잘못……했어요. 죄송해요. 다시는 안 그럴게요."

상대의 고개가 옆으로 기울어졌다.

"뭘 잘못했다는 거지?"

"그냥…… 전부 다요. 여기 온 것도…… 흑. 어흑…… 죄송해요."

"흐응. 너희들, 나한테 총 사러 온 애들 아니었냐?"

총.

그의 입에서 생각지 못한 단어가 나오는 바람에 학생들의 눈물이 쏙 들어갔다.

학생들은 어안이 벙벙한 표정으로 그를 응시했다.

그가 후드를 뒤로 젖히자 학생들은 비명을 지르고 싶은 걸 간신히 참았다.

후드 아래에 감춰져 있던 얼굴은 너무 이상했다.

범처럼도, 인간처럼도 보이지 않았다.

인간은 인간인데 인간이 되다가 만 괴물처럼 보였다.

일그러진 두상과 한쪽이 더 큰 눈, 낮고 울퉁불퉁한 코와

뒤집힌 듯 올라간 입술.

성준의 입이 경악한 듯 벌어지는 걸 보며 그가 씩 웃었다.

"괴물 같냐?"

학생들이 고개를 붕붕 저었다.

"상냥한 꼬맹이들이로구만."

그가 다시 후드를 뒤집어썼다.

"총 사러 온 거 맞지?"

무섭게 생기기는 했지만 나쁜 사람인 것 같지는 않았다.

학생들이 고개를 끄덕이자, 그가 재미있다는 듯 웃었다.

"요새는 인간들은 그렇게 뭐든 똑같이 하는 게 유행인가?"

"이…… 인간이 아니에요?"

소영은 이제 그에게 질문을 할 만큼 용기를 되찾았다.

"글쎄. 표리지."

"네?"

"내 이름. 표리라고."

"아. 저, 저는 소영이에요. 얘는 성준이고, 얘는 정미고요."

"흐응. 그래서, 구하는 건? 총 세 자루?"

"네."

"비쌀 텐데."

"저희, 도, 돈 많아요."

표리가 휙 돌아서더니 성큼성큼 걷기 시작했다.

학생들이 멍하니 그의 뒷모습을 쳐다보자 그가 돌아보며 말했다.

"뭐 해? 따라와."

"어, 어딜요?"

"총 보러 안 가?"

"아……."

학생들은 서로 눈을 맞췄다.

저 남자를 믿고 따라가도 좋을지 알 수 없었기 때문이다.

"나쁜 사람 같진 않은데."

"원래 사기꾼 중에 나쁜 사람처럼 보이는 사람은 없댔어. 사기꾼들이 더 착하게 생겼다잖아."

"하지만 저 사람은 착하게 생기지는 않았잖아."

학생들이 의견을 나누는 중에도 표리는 점점 멀어지고 있었다.

"난 총이 필요해. 내 가족은 내가 지킬 거야. 너희는 알아서 해."

소영이 먼저 마음을 굳히고 남자를 따라 걸어갔다.

성준과 정미도 서로 눈빛을 주고받다가 소영의 뒤를 따랐다.

그렇게 걸은 지 얼마나 됐을까.

앞서 걷던 표리가 갑자기 휙 돌아보더니 무시무시한 표정으로 학생들을 향해 달려오기 시작했다.

표리의 갑작스러운 행동에 학생들은 얼어붙어서 비명을 지를 생각조차 하지 못했다.

표리의 뒤틀린 손가락이 학생들을 향해 쭉 뻗어왔다.

표리는 학생들의 팔과 멱살을 잡아서 확 끌어당겨 자기 뒤쪽으로 내동댕이쳤다.

'역시 믿는 게 아니었어…….'

정미가 그런 생각을 할 때였다.

"도망쳐!"

표리가 외쳤다.

그제야 학생들은 자신들의 뒤를 따라오고 있던 세 명의 남자를 발견했다.

쫑긋 선 귀와 뾰족한 송곳니.

범이었다.

"으아…… 흐아……."

범들이 풍기는 기운은 표리와 완전히 달랐다.

표리를 범이라고 의심한 게 미안할 정도로 범들은 무시무시한 기운을 뿜어냈다.

가장 앞서서 달려오던 회색 범이 땅을 박차올랐다.

나는 것처럼 보일 정도의 도약력으로 몸을 띄운 범이 마치 공기를 발로 차는 듯 방향을 바꿔 표리를 향해 떨어져 내려왔다.

표리가 망토 안으로 손을 집어넣었다가 꺼내자 그 손에 총 두 자루가 들려 있었다.

타앙-!

탕-!

날카로운 파열음이 조용한 1구의 공기를 갈랐다.

탕-!

탕-!

처절하게 쏘는 총알을, 범은 단 한 방도 맞지 않았다.

회색 범이 마치 공중제비를 도는 듯 표리의 총알을 피하는 동안, 노란 범이 표리에게 어깨를 부딪쳐왔다.

퍼억-!

둔탁한 소리와 함께 표리의 작고 마른 몸이 멀리 날아갔다.

콰앙-!

날아간 표리가 주차된 자동차에 부딪혀 떨어졌지만 학생들은 표리의 상태를 확인할 상황이 아니었다.

이제 아무 무기도 없이 남겨진 세 명의 학생을 향해 세 명의 범이 다가오기 시작한 것이다.

범이 한 명이어도 상대할 생각도 못 할 텐데 세 명이나 되었다.

학생들은 범들과 싸울 의지조차 없었다.

범들도 그걸 아는지 여유롭게 다가오며 자기들끼리 수다도 떨었다.

"나는 남자애로 해야겠어."

"저 머리 묶은 애가 더 통통하고 맛있겠는데."

"뭔 소리야. 피부가 하얀 것들이 맛있다고."

"맛보다는 양이지."

"그러다가 체한다. 저번에 어떤 멍청한 놈이 인간을 통째로 삼켰다가 체해서 한동안 아무것도 못 먹은 거 몰라?"

"아, 그러고 보니, 그놈은 어떻게 됐어?"

"글쎄. 요새 안 보이네."

"체해서 굶어 뒈졌나?"

킬킬 웃으며 다가오는 범들을 보며 학생들은 소리 없이 눈물만 흘렸다. 소리를 냈다가 눈에 띄어서 가장 먼저 죽을지도 모르기 때문이었다.

범의 눈빛은 정말로 잔악하고 강렬해서 표리한테 했을 때처럼 살려달라고 빌 수도 없었다.

그제야 학생들은 자신들이 얼마나 무모했는지 깨달았다.

총 한 자루 가졌다고 해서 이길 수 있는 상대가 아니었다.

실제로 표리는 총을 두 자루나 가졌고, 심지어 학생들보다 빠르게 움직였는데 총알 한 방 먹여주지 못했다.

6월의 더운 바람에 피비린내가 섞였다.

학생들은 그 비린내가 범들에게서 나는 냄새라는 걸 깨달았다.

"흑……."

소영이 참지 못하고 흐느꼈다.

범들의 눈동자가 소영에게 향하자, 소영이 겁에 질려 딸꾹질을 했다.

회색 범이 히죽 웃었다.

"우냐? 왜? 무서워서?"

"사, 살려……. 아…… 살려……."

"살려줘?"

소영이 두 손으로 입을 막고 고개를 끄덕였다.

회색 범이 자기 동료들을 돌아봤다.

"얘가 살려달라는데, 어떡할까?"

"그럼 살려서 통째로 먹어버려. 네 뱃속에서 오래오래 행복하게 살라고 하면 되지."

"오, 정답."

회색 범이 소영을 향해 손을 뻗는 그 순간이 정미에게는 아주 길게 느껴졌다

정미는 이대로 시간이 멈추면 좋겠다고 생각했다.

저 뱃속에 통째로 들어가느니 그냥 이대로 시간이 멈춰버리는 게 낫겠다.

'아니면⋯⋯.'

그 사람들이 와줬으면.

19구의 생존자들을 구했다는 사람들.

사람들을 구한 후 이름도 남기지 않고 사라졌다는 그들.

그들 중 한 사람이라도 이곳에 와준다면 정말로⋯⋯.

"커헉!"

회색 범이 갑자기 내지르는 소리에 정미는 상상에서 벗어났

다.

회색 범은 소영의 목을 잡으려던 자세 그대로 굳어 있다가 천천히 자신의 목 뒤를 향해 손을 움직였다.

그때였다.

쌔애애액-!

무언가 바람을 가르며 날아왔다.

제 28 화
영웅

회색 범은 훌쩍 뛰어 그것을 피했다.

팟-!

정미의 바로 앞에 그것이 꽂힌 후에야 날아온 것이 화살이라는 걸 깨달았다.

회색 범의 목 뒤에도 화살이 꽂혀 있었다.

회색 범이 신경질적으로 화살을 빼냈다. 화살촉에 살점이 붙어서 떨어져 나왔다.

"어디냐!"

회색 범이 주위를 둘러보며 외쳤다.

"어디냐아아아아!"

마치 짐승이 울부짖는 것 같은 소리였다.

쌔애애애액-!

그 소리를 가르고 날아온 화살을 회색 범은 피하지 못했다.

회색 범의 허벅지에 화살이 꽂혔고, 회색 범은 절규했다.

"크아아아아, 커럽!"

하지만 절규조차 끝내지 못했다. 어딘가에서 날아온 총알이 회색 범의 목을 관통한 것이다.

회색 범은 휘청거리다가 결국 허물어졌다.

한쪽 무릎을 꿇은 회색 범은 피가 끊임없이 흘러나오는 목을 손으로 쥐고 증오스러운 눈으로 어딘가를 노려봤다.

그건 다른 범들도 마찬가지였다.

"멀리 있는 것 같은데…… 어디지?"

"사냥꾼 놈들인가?"

사냥꾼.

노란 범과 줄무늬 범이 주고받는 소리를 들으며, 정미는 안심했다.

살았다.

사냥꾼들이 온다.

이 순간만큼은 요새 평가가 바닥에 떨어진 호랑나비여도 감사했다.

누구든 우리를 구해만 준다면 평생 존경하며 은혜를 갚을 자신이 있었다.

"나와아아아! 이 비겁한 새끼들! 나오라고!"

타앙-!

아주 멀리서 총성이 울렸다.

이번에 날아온 총알은 목적을 이루지 못했다.

노란 범이 손으로 총알을 잡은 것이다.

노란 범은 성가신 듯 콧등에 주름을 잡았다.

"파리 같은 새끼들. 정정당당하게 싸우는 건 무서우냐? 얼른 나와라! 사지를 갈가리 찢어줄 테니!"

하지만 상대는 모습을 드러내지 않고 화살을 쏘거나 총을 쏠 뿐이었다.

범들은 짜증 난 듯 파리채 휘두르듯 손을 휘둘러 총알과 화살을 잡거나 쳐냈지만 몇 방은 제대로 막지 못했다.

노란 범이 좋은 생각이 났다는 듯 휙 뒤를 돌아 소녀들을 보더니 정미를 향해 손을 뻗었다.

정미를 인질로 잡아서 사냥꾼들의 공격을 멈추게 할 생각이었다.

범의 긴 손톱이 위협적으로 다가오자 정미는 눈을 질끈 감았다.

하지만 범의 손은 정미의 목에 닿지 않았다.

스걱-!

뭔가 예리한 것이 베어내는 소리에 눈을 뜨자마자.

"으아아아아악!"

범의 비명이 들려왔다.

정미의 목을 잡으려 했던 노란 범의 손이 정미 옆에 떨어져 나뒹굴고 있었다.

"꺄아아악!"

그제야 정미의 목이 트인 듯 비명이 터져 나왔고.

"아아악!"

"흐아아아아!"

성준와 소영도 소리를 지르며 떨리는 다리를 움직여 도망치려 애썼다.

그러던 학생들의 눈에 그 남자가 들어왔다.

주머니가 많은 테크웨어를 입은, 흐트러진 검은 머리칼을 가진 덩치 큰 남자.

그는 칠흑처럼 새까만 검을 들고 학생들과 범들 사이를 가로막고 서 있었다.

'그 사람이다!'

그를 보는 순간, 정미는 생각했다.

'그 사람인 거야.'

왜인지 알 수 있었다.

그가 A 백화점에서 사람들을 구한 후 조용히 사라진 7인 중 한 명이라는걸.

어둠 같은 절망에 빠져 있던 정미의 마음에 한 줄기 빛이 비쳤다.

'살 수 있어.'

한 번도 본 적 없는 사람인데, 그가 있으면 죽지 않을 거란 생각이 들었다.

"너……!"

손목 잘린 노란 범이 눈을 희번득하게 뜨고 외쳤다.

노란 범의 동료인 줄무늬 범은 주안을 상대하고 있었고, 심각한 부상을 당한 회색 범은 세인과 얼마 싸워보지도 못하고 죽었다.

회색 범을 죽인 세인이 양손에 든 단검을 들어 노란 범의 등에 찔러넣으려 했지만 제하가 살짝 고개를 저었다.

"쳇."

세인이 투덜거리며 단도를 내렸다.

싸움의 승패는 쉽게 정해졌다.

1구에 있는 범 세 명은 전부 하급 범이었고, 착호에게 하급 범 세 명은 큰 싸움거리도 되지 못했다.

동료들이 모두 당했다는 걸 깨달은 노란 범이 하나 남은 팔로 제하에게 달려들었지만, 날카로운 손톱은 제하의 근처에도 오지 못했다.

서걱-!

제하가 성가신 듯 검을 휘둘러 긴 손톱을 베어낸 것이다.

범의 손톱은 평범한 손톱이 아니었다.

아무리 하급 범이라도 무쇠처럼 강도 높은 손톱을 갖고 있었다.

그런 손톱을 검 한 번으로 베어내다니.

노란 범은 제하가 평범한 인간도, 평범한 범 사냥꾼도 아니라는 걸 깨닫고 눈을 부릅떴다.

"넌 뭐냐?"

"후포는 어디 있지?"

"후포? 하! 인간 놈이 후포 님에 대해 어떻게 알지?"

"그런 것까지는 알 거 없고, 후포는 어디 있지?"

노란 범이 콧등에 주름을 잡았다.

노란 범은 '나쁜 인간'만 죽인다는 후포의 방침이 마음에 들지 않아서 마로를 따르고 있었지만, 그렇다고 해서 후포를 배신할 마음이 있는 건 아니었다.

범들에게 후포는 마지막의 마지막 순간까지 자신들을 보호해 여기까지 이끌어온 은인이자 영원한 수호자였다.

"내가 그걸 말할 것 같으냐. 그나저나 너, 어디서 본 얼굴이다 싶었는데…… 인왕산의 그 꼬맹이로구나."

제하의 낯빛이 어두워지는 걸 보며 노란 범은 '이거다!' 싶었다.

"네 아비에 대해 알고 싶지 않으냐? 네 아비와는……."

서걱-!

노란 범은 말을 끝내지 못했다.

제하는 일검으로 노란 범의 목을 잘라냈다.

툭 떨어진 노란 범의 눈이 믿을 수 없다는 듯 커졌다.

그를 내려다보며, 제하는 말했다.

"그런 건 됐어. 내 기억이면 충분하거든."

착호를 만들고 나서 이것으로 열 마리째의 범을 죽였는데 아직 후포에 대해 알아낸 게 없었다.

범들은 충성심이 대단한지, 그 무슨 짓을 해도 후포에 대해 말해주지 않았다.

"뭐 들은 거 있어?"

멀리서 지원해주던 도건이 달려왔다.

제하는 고개를 저었다.

"환이는?"

"호수랑 하루 쪽으로 가본다고 갔어. 하급 범들이었네."

"응, 다행이지."

"후포에 대해서는 뭐래?"

"입을 열 생각이 없는 것 같더라고."

"의외야. 후포가 그렇게까지 범들의 신뢰를 받다니."

"그러게."

한숨만 나오는 상황이었다.

범들은 날뛰는 와중에 범 사냥꾼들의 분위기도 묘하게 흘러가고 있었다.

호랑나비의 명성이 떨어지자 범 사냥꾼 팀들은 범 사냥보다 자기들 팀의 위치를 끌어올리는 데 혈안이 되었다.

호랑나비가 앉아 있던 그 자리를 차지하고 싶어 하는 것이다.

희생자들은 계속 나오는데 범 사냥꾼들은 범을 잡는 것보다 호랑나비와 같은 권력을 잡으려는 데 혈안이 되어 있고, 설상가상으로 범들의 대장인 후포의 거취는 전혀 알 수가 없었다.

"저기요……."

심각한 분위기를 깨고 한 톤 높은 목소리가 들려왔다.

그들이 뒤돌아보자, 아까 범들에게 죽을 뻔한 세 학생이 눈을 반짝반짝 빛내며 서 있었다.

교복을 입은 세 학생은 음침한 1구와 전혀 어울리지 않았다.

게다가 그들이 짓고 있는 표정도 방금 전에 죽을 뻔한 사람들 같지 않았다.

학생들은 발그레하게 상기된 얼굴로 제하 일행을 보다가 입을 열었다.

"저기…… 그분들이시죠?"

"그분들이요?"

"그…… A 백화점이요. A 백화점의 영웅."

학생의 말에 제하는 얼굴을 붉혔다.

요새 사람들이 제하 일행을 어떻게 부르는지 알고 있었다.

그들이 제하 일행을 찾는다는 것도 알았다.

하지만 그 'A 백화점의 영웅'이라는 표현이 민망하기도 하고, "저희가 그들입니다."라고 나서기도 마뜩잖아서 모르는 척하고 있던 터였다.

"아, 예에."

제하가 떨떠름하게 대답하자, 학생들이 서로를 쳐다보더니 발을 동동 굴렀다.

"꺄아! 그럴 줄 알았어."

"웬일이야. 그분들을 실제로 보게 될 줄이야."

"와, 형님들, 진짜 멋있어요. 우와, 진짜 잘생기셨다!"

"완전 팬이에요. 진짜 멋져요. 사람들을 목숨 걸고 구했는데 나서지도 않고."

"꼭 만나고 싶었어요! 손 한 번만 잡아주세요."

제하는 이런 대우를 받는 게 처음이었다.

어떻게 해야 할지 몰라 일행을 돌아봤는데, 이런 상황이 처음인 건 도건과 세인, 주안도 마찬가지인지라 다들 뻣뻣하게 굳어 있었다.

"뭐야, 오빠. 얼굴 빨개졌어요. 진짜 귀엽다."

"막, 막, 영웅이라고 해서 진짜 엄청 되게 무시무시할 줄 알았거든요. 엄청 막 크고요. 그, 조폭 같은 느낌이요."

"맞아. 호랑나비 동철이란 사람도 완전 조폭 같잖아요. 그럴 줄 알았는데, 오빠는 덩치 커도 멋있어요."

"하나도 안 무서워요. 귀여워요!"

"오빠, 저는 소영이에요. 기억해주세요."

"뭐야, 치사해. 저는 정미예요."

"저는 성준입니다, 형님. 제 이름, 기억해주세요."

난리 났다.

제하는 가장 믿음직한 도건을 향해 눈빛으로 물었다.

'형, 어떡하지?'

도건은 듬직하게 눈빛으로 대답했다.

'도망쳐.'

이런 상황에 대한 답을 모르는 건 도건도 마찬가지였다.

물론 도망치고 싶지만 범들이 복수하러 올지도 모르는 상황에서 학생들만 남겨두고 갈 수는 없었다.

"왜 여기에 온 거예요? 여기, 위험한 거 몰라요?"

다행히 주안이 어른스럽게 앞으로 나섰다.

"아, 저희가요. 무기를 구하러 왔거든요."

"무기?"

"네. 총을 싸게 판다는 사람이 있어서 만나러 왔는데……
아, 맞다! 표리!"

학생들이 어딘가를 향해 달려가기에 착호도 그들의 뒤를 따
라 달려갔다.

찌그러진 자동차 옆에 한 남자가 구겨진 듯 쓰러져 있었다.

그 남자의 모습에 착호는 깜짝 놀랐다.

인간도, 범도 아닌 기괴한 외모를 가진 남자였다.

사람 외모에 가장 예민할 나이의 소녀들은 무섭지도 않은지
남자의 어깨를 마구 흔들었다.

"표리! 표리, 죽었어요? 일어나봐요. 범들, 우리가 이겼어요."

학생들의 손길은 거침없었고, 제하는 저러다가 진짜로 '표
리'라는 사람이 죽을지도 모르겠다는 생각이 들었다.

"저기."

제하가 부르자, 학생들이 표리를 흔드는 걸 뚝 멈추고 제하
를 돌아봤다.

마치 명령을 기다리는 강아지 같은 눈빛에 제하는 긴장했
다.

"일단, 여긴 위험하거든요. 범들이 또 나타날지도 몰라요."

그제야 학생들은 이곳이 어딘지, 조금 전에 무슨 일이 벌어졌는지 깨달은 듯 창백해졌다.

"저기, 이 사람이요. 우리를 구해주려고 했거든요. 그러다가 범한테 당했어요. 그러니까 꼭 좀 살려주세요."

"알겠어요. 우리가 잘 챙길 테니까, 얼른 여기를 떠나요. 돌아보지 말고 안전한 곳까지 달려가요."

학생들이 고개를 끄덕였다.

정미라는 소녀가 떠나기 전 제하를 돌아보며 물었다.

"저기……, 오빠들도 팀이에요?"

"네."

"이름이 뭐예요?"

제하는 잠시 망설이다가 대답했다.

"착호."

제 29 화

잡종

도건이 총을 점검하며 말했다.

"아까 그 애들, 진짜 무섭더라."

착호는 모두가 함께 지낼 수 있는 큰 집을 구했다.

범들의 습격이 잦은 6구에 있는 집이라서 방이 여러 개인 집을 싼 가격에 구할 수 있었다.

그 방 중 하나에 표리를 눕혔다.

아무리 봐도 평범한 인간으로는 보이지 않는 표리를 병원에 데려갈 수가 없었기 때문이다.

"원래 고딩들이 제일 강하다잖아."

제하가 표리를 내려다보며 대꾸했다.

"그나저나 그 사람은 뭐지? 표리라고 했지? 사람, 맞겠지?"

"맞겠지. 눈코입 다 있고, 이족보행에, 손가락도 열 개고⋯⋯."

그 손가락이 뭔가 달랐다.

이리저리 뒤틀려서 마치 나뭇가지처럼 보였다.

"그, 막⋯⋯ 유전자 변이? 뭐 그런 건가?"

"글쎄⋯⋯."

지금 집에는 도건과 제하뿐이었다.

다른 멤버들은 범 사냥을 위해 밖에 나가 있었고 도건과 제하는 표리의 간호와 감시를 위해 집에 남아 있던 터였다.

몇 시간이 지났는데도 표리는 깨어나지 못하고 있었다.

"제하야, 너무 가까이에 있지 마. 위험한 놈일지도 몰라."

"그 애들을 구해주려고 했다던데."

"걔들이 잘못 안 걸지도 모르지."

"끄으⋯⋯."

가느다란 신음 소리가 제하와 도건의 대화에 끼어들었다.

제하와 도건은 말을 멈추고 무기를 손에 쥐었다.

표리가 얼굴을 일그러뜨리다가 갑자기 눈을 번쩍 떴다.

유독 커다란 왼쪽 눈 때문에 눈을 뜬 표리의 얼굴은 기절해 있을 때보다 기괴해 보였다.

이리저리 움직이던 눈동자가 도건과 제하에게서 멈췄다.

표리가 벌떡 몸을 일으키자, 도건이 총을 겨누고 제하가 검을 들었다.

제하의 척살검을 본 표리의 눈이 커졌는데, 한쪽 눈은 너무 크고 한쪽 눈은 너무 작아서 정말 커진 건지 확신할 수는 없었다.

한참 척살검을 응시하던 표리의 눈동자가 제하에게서 고정되었다.

"넌 뭐냐?"

"범 사냥꾼."

"범 사냥꾼이라고? 네가? 으히히히히히히."

표리가 미치광이처럼 웃기 시작했다.

"뭐가 그렇게 웃겨?"

"아니, 뭐. 재미있는 옛날이야기가 떠올라서."

옛날이야기.

다른 때라면 미친놈의 헛소리로 치부했겠지만 지금은 '전생'이라는 걸 알게 된 상황이었다.

척살검을 아는 것처럼 행동하던 표리가 꺼낸 '옛날이야기'가 타배와 관계있을지도 모른다는 생각이 들었다.

"어떤 얘긴데?"

"뭐, 알 것 없고."

"어떤 얘기냐니까?"

"옛날이야기를 좋아하나 봐? 그런 건 네 아빠한테나 해달라고 해."

"아빠는 돌아가셨어."

"……그럼 엄마한테……."

"엄마도."

"……미안."

"됐어. 그 옛날이야기라는 거나 해봐."

표리는 제하를 빤히 응시했다.

그제야 제하는 표리의 눈동자가 녹색이라는 걸 알았다.

"그 애들은 어떻게 됐냐? 죽었냐?"

표리는 쉽게 옛날이야기를 해줄 생각이 없는 듯했다.

"살았어. 도망쳤고."

"거, 잘됐네."

"네가 구해주려고 했다면서?"

"딱히. 내가 살려고 한 거지."

표리가 악의를 품은 놈은 아닌 것 같았다.

제하가 검을 내리자 도건도 총을 내렸다.

표리가 히죽 웃자, 날카로운 이가 드러났다.

"그렇게 쉽게 남을 믿으면 일찍 죽는다, 애송이들. 착한 척하면서 네놈들 마음을 놓게 하고 공격하면 어쩌려고."

"하고 싶으면 해보든가."

검이 없더라도 표리에게 질 것 같은 생각이 들지는 않았다.

표리도 그렇게 생각한 듯, 좁은 어깨를 으쓱했다.

"공격한다고 이길 수 있을 것 같진 않네. 웃챠."

표리가 침대에서 내려왔다.

"도와줘서 고맙고. 난 간다."

도건이 표리의 어깨를 잡았다.

"무기를 판다면서?"

"팔지."

"무기상이냐?"

"뭐, 비슷해."

"뭘 팔아?"

"뭐든."

표리가 두 손을 들어 올렸다.

"이 손으로 만들 수 있는 거 전부."

제하와 도건은 표리의 뒤틀린 손가락을 보았다.

둘의 의심을 읽은 듯, 표리가 말했다.

"너희들, 봉인이 깨지고 범들이 신시로 나오면서 신기한 힘도 같이 흘러나오고 있다는 거 알지? 그 힘을 갖게 된 것들이 범 사냥꾼이라는 것도."

"알아."

"그렇다면 말이야, 그 힘을 받은 게 과연 너희 인간들뿐일까?"

'너희' 인간들.

그렇다는 건 표리가 인간이 아니라는 뜻이다.

표리가 뒤틀린 손가락을 스르륵 움직였다.

"우리 중에도 그 고대의 힘을 되찾은 사람들이 있지. 바로 나 같은 사람."

"고대의……힘?"

제하가 되묻자, 표리가 웃었다.

"너희들, 아무것도 모르는구나?"

"넌 뭘 아는데?"

"내 부모님이 알려준 만큼은 알지. 내 부모님은 부모님의 부모님이 알려준 만큼 알고. 원래 옛날이야기는 그렇게 전해지는 거잖아.”

또 옛날이야기다.

제하는 그 옛날이야기에 타배에 대한 정보가 있을 거라고 생각했다.

“그 옛날이야기라는 게 대체 뭔데? 알려줘.”

“싫어.”

표리가 단호하게 대답했다.

“농담하는 거 아냐. 알려줘. 돈이 필요하다면 정보료를 줄게.”

“정보료를 원하는 게 아니야. 내가 너의 뭘 믿고 정보를 줘야 하지?”

“아니, 뭐…… 그렇게 물어보면 할 말이 없긴 한데…….”

“너, 이름이 뭐지?”

“난 제하야. 저 사람은 도건이고.”

“제하.”

표리는 도건이 안중에도 없는 듯 제하만 응시했다.

“제하. 제하. 제하.”

몇 번이나 제하의 이름을 부르던 표리가 싱긋 웃으며, 손바닥으로 제하의 가슴을 밀었다.

"나는 잡종 따위 안 믿어."

뒤통수를 맞은 기분이었다.

얼떨떨하게 서 있는 제하를 대신해서 도건이 표리에게 달려들었다.

"야, 너!"

도건이 표리의 멱살을 쥐었다.

표리의 마른 몸이 도건의 힘을 이기지 못하고 이리저리 흔들렸다.

"너, 방금 뭐라고 했어?"

"왜? 그렇게 무섭게 하면 취소할 것 같냐? 몇 번이라도 말해주지. 나는 잡종 따위 안 믿어. 더러운 잡종 새끼들."

"야!"

콰앙-!

도건이 표리를 벽에 밀어붙였다.

마침 들어오던 다른 일행들이 그 광경에 놀라 눈을 휘둥그레 떴다.

"도건아, 왜 그래?"

주안이 조심스레 물었다.

"이 새끼가 제하를 잡종이라고 하잖아!"

"뭐?"

주안이 성큼성큼 다가와 표리의 뺨을 때렸다.

"그 말 취소해."

"아니, 됐어. 괜찮아."

가까스로 정신을 차린 제하가 도건의 어깨에 손을 얹었다.

"형, 놔줘. 괜찮아."

"너는 아무래도 좋아! 내가 안 괜찮다고! 그게 사람한테 할 말이야?"

"아니, 정작 본인이 괜찮다는데 왜 네가 지랄이실까?"

표리는 착호 전부가 자기를 둘러쌌는데도 두렵지 않은 듯 싱글거렸다.

도건이 주먹을 들기에 제하가 얼른 그의 손목을 잡았다.

"정말로 하지 마, 형. 범이 아닌 것과 싸우고 싶지 않아."

표리의 멱살을 쥐고 있던 도건의 손에서 힘이 빠졌다.

표리가 도건에게서 빠져나가기 전, 도건이 다시 표리의 멱살을 세게 쥐고 말했다.

"내 눈에 띄지 마라, 너."

"하이고, 무서워라."

표리가 겁에 질려 떠는 시늉을 하더니 두 손으로 도건의 가슴팍을 밀어내고는 도망치듯 그곳을 떠났다.

그런 표리의 뒷모습을, 하루가 조용히 응시하고 있었다.

표리는 1구를 향해 달렸다.

가슴에 차오른 울분을 달려서라도 풀고 싶었다.

오래전, 이 신시에 살던 건 범과 곰뿐이 아니었다.

그 외의 종족도 있었고, 그들의 명맥은 신시 저 깊은 지하에서 조용히 이어오고 있었다.

인간은 그 시대를 잊었지만, 숨어 살 수밖에 없었던 그들은 기억했다.

척살검을 든 듬직한 사내.

언제나 약자의 편에 서주던 강한 사내.

그리하여 믿을 수밖에 없었던 그 사내에게 배신당한 기억.

그 기억은 아들에게서 손자로, 손자에게서 그 손자에게로 이어져 지금에 이르렀다.

표리는 아까 그곳에서 제하가 든 검은색 검을 보는 순간, 그것이 척살검이라는 걸 깨달았다.

그리고 호박색 눈동자의 제하가 범과 인간의 혼혈이라는 것도 알 수 있었다.

혼혈. 큰 키와 넓은 어깨. 그리고 척살검.

그것은 표리가 부모님에게 들은 이야기를 떠오르게 했다.

타배. 잡종.

그를 도운 우리를 배신해, 신시에서 빛을 보며 살 수 없게 만든 배신자.

신시 밖에서는 살길이 없어서 신시 지하 깊은 곳으로 숨어든 표리의 일족은 긴긴 세월 햇빛을 보지 못했다.

어느 날, 갑자기 고대의 힘이 흘러들어오는 걸 느끼고 나서야 조심스레 지상으로 나와볼 수 있었다.

발전의 발전을 거듭해 과거의 모습을 완전히 잃은 신시는, 겉모습만 달라졌을 뿐, 그때와 같은 불온한 공기가 흐르고 있었다.

표리는 타배나 곰에 대한 증오심이 별로 없었다.

그건 너무 먼 옛날의 이야기이고, 지금은 그저 햇빛을 볼 수 있다는 사실이 기뻤다.

그래서 조용히 무기를 만들어 팔기 시작했다.

지상에서, 인간들의 사이에서 살아갈 방법을 찾고 싶었다.

돌아온 고대의 힘 덕분에 썩 괜찮은 무기를 만들 수 있었다.

어쩌면 조만간 다른 친구들도 데리고 올라올 수 있을 거라고 생각하던 차에 제하를 만난 것이다.

물론 제하가 타배일 리는 없었다.

그는 너무도 오래전의 사람이니까.

하지만 먼 조상으로부터 이어져 온 이야기는 표리의 가슴에 깊이 새겨져 있었다.

그의 일족을 지하로 밀어 넣은 타배와 같은 혼혈에, 척살검까지 가진 제하를 보자 잊고 있던 증오가 되살아났다.

표리는 1구의 어느 집 안으로 들어갔다.

4인 가족이 살던 그 집은 모두가 범에게 당해서 죽는 바람에 생활용품이 그대로 남아 있었다.

표리는 냉장고를 열어 물을 마시고 침대에 누웠다.

상처받은 듯한 제하의 눈빛이 떠올랐다.

"걔가 한 짓도 아닌데 너무 몰아붙였나?"

"그래, 너무 몰아붙였다."

대답을 바라고 한 말도 아닌데 목소리가 들려왔다.

표리가 화들짝 놀라 몸을 일으키자, 한 사내가 모습을 드러냈다.

잿빛 머리카락을 가진 앳된 얼굴의 남자.

아까 제하 일행 중에서 본 기억이 있었다.

"너, 너는……?"

"하루. 인왕산의 범바위지."

인왕산 범바위.

놀라움에 말을 잇지 못하는 표리를 향해 하루가 한 걸음 다가오며 물었다.

"너, 두두리지?"

제 30 화
척살검

어딘가로 나갔던 하루가 돌아왔을 때, 그의 손에는 그와 어울리지 않는 총이 들려 있었다.

하루는 총을 도건에게 건넸다.

"표리가 주더구나."

"표리가……? 그 자식, 그 지랄을 떨고 나가더니 이제 와서 이걸 준다고?"

"오해가 있었던 듯하다."

"무슨 오해?"

"하아."

하루가 답지 않게 한숨을 내쉬고 의자에 앉았다.

"표리는 두두리다."

"두두리? 그건 또 뭔데?"

"신시에는 범과 곰만 사는 게 아니었지. 다른 일족도 함께 살고 있었다. 그중, 범과 곰이 유독 강했을 뿐."

하루의 말에 그들은 세인이 전생에서 보았다는 많은 종족을 떠올렸다.

"두두리는 그 종족 중 하나다."

"하루, 너…… 기억이 돌아온 거야?"

하루가 오래전의 기억을 잃었다는 걸 아는 제하가 물었다.

하루가 고개를 저었다.

"표리를 보았을 때, 그가 두두리라는 건 알 수 있었지만……, 이 이야기는 표리가 해준 거다. 그 일족은 그 이야기가 전해져 왔더구나."

"너한테 다 얘기해줬어?"

"전부는 아니고……. 하아."

하루가 또 한숨을 내쉬었다.

"그들에게 전해진 이야기 속에서, 타배는 배신자더구나."

두두리 일족은 타배를 믿었다.

두두리뿐 아니라 다른 일족도 전부 타배를 믿었다.

그럴 수밖에 없는 것이, 범들이 다른 종족을 죽이고 다니는 상황에서 믿을 건 타배밖에 없었다.

범은 신시의 종족 중 가장 강했는데, 타배에게는 범의 피가 흐르고 있었다.

"전쟁에서 타배를 도와 승리로 이끌었는데, 타배는 약속을 지키지 않고 곰 이외의 다른 종족들을 전부 신시에서 쫓아냈다고 하더구나."

대부분의 종족은 신시 밖에서 제대로 살아남지 못했다.

두두리 일족은 구멍을 파고 신시 지하 깊은 곳으로 숨어 들어가 지금껏 명맥을 유지해왔다.

"그럴 리가 없어. 내가 본 타배는…… 그런 비열한 느낌이 아니었다고."

세인의 주장에 하루가 고개를 끄덕였다.

"나도 희미한 기억뿐이지만 타배가 그런 짓을 할 녀석이 아닌 것 같기는 한데……. 그래서 도건아, 이 총을 쓸 게냐, 안 쓸 게냐?"

"안 써. 제하한테 잡종이라고 부른 거 사과하기 전까지는 안 써."

"형, 난 정말 괜찮아."

"안 괜찮다고! 잡종이라니. 그런 건 개한테도 안 쓰는 말이야."

도건의 태도가 완고하기에 하루는 어쩔 수 없이 총을 서랍 안에 집어넣었다.

제하는 자신이 잡종이라고 불린 것보다 하루가 너무 지쳐 보이는 게 신경 쓰였다.

"하루야, 너…… 괜찮은 거야?"

하루가 쓰게 웃었다.

"좀 자야겠다. 왜인지 너무 피곤하구나."

바위인 탓에 누구보다도 잠이 없었던 하루는 그날 이후 하루의 대부분을 자면서 지냈다.

시간은 빠르게 흘러 또 한 달이 지나가 더운 여름이 되었다.

그동안 착호는 착실하게 범 사냥을 하느라 신시에서 자신들에 대한 평가가 어떻게 변하는지 알지 못했다.

소영과 정미, 성준은 1구 사건 이후 한 달이 지난 지금도 여전히 학교에 가면 '착호'에 대해 이야기했다.

특히 성준은 입만 열면 "우리 위대하고 개쩌는 착호 형님들"

이 자동으로 튀어나왔다.

그날도 열심히 '우리 착호님들'에 대해 얘기하는데, 한 친구가 휴대폰을 내밀었다.

"네가 말하는 그 착호님들이 이 사람들이야?"

휴대폰 화면에는 동영상이 재생되고 있었다.

동영상 제목은 〈떠오르는 범 사냥꾼, 착호를 만나다〉였다.

마치 착호를 만나서 인터뷰를 한 것 같은 제목이지만, 착호가 싸우는 걸 멀리서 찍은 동영상에 불과했다.

동영상에 나온 건 제하와 주안이었는데, 둘 다 움직임이 어찌나 빠른지 중간중간 멈출 때가 아니면 그들의 모습을 제대로 확인하기 힘들 지경이었다.

[저기요.]

싸움이 끝난 후, 제하가 범 머리를 들고 가려는데 동영상을 찍은 사람이 그를 불러 세웠다.

제하가 검을 검집에 집어넣으며 그를 돌아보는 모습이 똑똑히 찍혔다.

옹기종기 모여서 화면을 보던 성준이 "크흐! 역시 멋지시다, 우리 개쩌는 형님!" 하고 외쳤다.

[착호세요?]

동영상 주인의 질문에 제하가 가볍게 고개를 끄덕이고 주안과 함께 달려가는 모습을 보며, "연예인 감별기"라고 불리는 학생 한 명이 예언했다.

"저 사람들은, 뜰 거야."

A 백화점 사건이 벌어지고 얼마 지나지 않아 동철은 기자회견을 열었었다.

"이번 사태에 대해 드릴 말씀이 없습니다. 제가 동료들을 제대로 관리하지 못한 탓에 벌어진 일입니다."

사건을 일으킨 팀원들은 쫓아내고, 아직 남은 팀원들은 다들 성실하게 범 사냥을 하는 사람들뿐이다.

앞으로 관리를 잘해서 이런 불미스러운 일이 벌어지지 않도록 하겠다.

신시의 안전을 위해 온 힘을 다하는 호랑나비가 되겠다.

그렇게 열심히 사죄하고, 팀원들을 풀어 범에게 피해를 받은 사람들과 그 유족들에게 일일이 찾아가 생활에 도움을 주는 봉사활동을 하라고 시켰다.

[생각해보면 호랑나비 총대장이 잘못한 건 아니지.]

[맞아. 미꾸라지가 물 흐린다는데, 미꾸라지는 쫓아냈다잖아.]

[일부가 한 짓으로 전체를 욕하지 맙시다.]

댓글 알바를 써서 분위기도 바꿔보려고 노력한 결과, 요새는 호랑나비를 두둔하는 사람들도 많아졌다.

하지만 그뿐이었다.

한 번 놓친 영광은 쉽게 돌아오지 않았고, 한 달 넘게 지난 지금 그 영광이 다른 놈들에게 돌아가려 하고 있었다.

"착호……."

〈떠오르는 범 사냥꾼, 착호를 만나다〉라는 제목의 동영상을 올린 BJ는 침을 튀겨가며 착호가 얼마나 멋진지 떠들어댔다. 댓글도 대부분 착호를 추앙하는 분위기였다.

호랑나비가 막 떠오르고 있을 때보다도 과열된 분위기는 아마 착호의 외모도 한몫할 터였다.

"하나같이 계집애처럼 생긴 놈들이 뭐가 좋다고……."

제하에 대해 처음 알게 됐을 때부터 불길한 예감이 들었는데, 딱 들어맞았다.

그때 직접 손을 써서라도 그놈을 죽였다면 이런 사태가 벌어지지는 않았을 것이다.

괜히 부하들에게 맡겼다가 모든 걸 그르쳤다.

이제 제하도, 착호도 함부로 건드릴 수 없는 존재가 되었다.

그들의 얼굴은 너무 많이 알려졌고, 너무 많은 사람이 착호에게 열광했다.

하지만 동철은 이대로 범 사냥 1위 자리를 빼앗기고 싶지 않았다.

아직 호랑나비는 1위 자리를 지키고 있었다.

동철은 부하를 불러서 명령했다.

"거래소에 가서, 나온 무기를 싹 사들여. 얼마가 들든 상관없으니까."

후포는 빈집에 들어가 빈둥거리는 중이었다.

어제 어린애들을 데리고 위험한 사업을 하는 놈들의 소굴에 들어가, 다섯 명이 넘게 잡아먹고 왔더니 배가 불러서 나른했다.

"이렇게 느긋하게 쉬는 것도 좋네요, 주군."

후포 옆에 앉아 있던 허서가 말했다.

"요새 마로랑 불티가 안 보이는군."

마로와 불티, 그리고 허서는 후포와 가장 가까운 부하들이었다.

"그러게요. 뭐, 원래 인간들을 유독 증오하던 녀석들이니 살판나서 돌아다니겠죠."

"너무 나대지 말라고 해둬라."

"네. 아, TV 좀 봐도 될까요?"

허서는 요새 TV에 푹 빠져 있었다.

후포가 고개를 끄덕이자 허서가 TV를 틀었다.

마침 뉴스에서 인터넷 방송 BJ가 올린 동영상에 대한 정보가 나오고 있었다.

뉴스를 싫어하는 허서가 채널을 변경하려는데, 후포가 손을 들었다.

"기다려."

화면 안에는 BJ가 찍은 동영상이 자료화면으로 재생되는 중이었다.

범과 싸우는 두 명의 범 사냥꾼.

"주군, 이게 뭐 좋은 거라고 보고 그러십니……."

허서는 말을 끝맺지 못했다.

화면을 노려보는 후포의 눈동자가 그 어느 때보다도 어둡게 빛나고 있었기 때문이다.

후포는 화면 속의 남자가 휘두르는 검은색 검을 알아보았다.

후포의 동족을 수없이 베어 죽인 검.

"척살검······."

허서도 그 검을 알았다.

그제야 화면 속 인간이 가진 검이 척살검이라는 걸 알아본 허서의 얼굴이 차게 굳었다.

후포의 콧등에 깊은 주름이 새겨졌다.

"타배······."

후포가 벌떡 일어났다.

"타배애애애애애!"

불티 또한 빈집에 숨어 들어가서 상처를 회복하는 중이었다.

제하 일행에게 입은 상처는 쉬이 낫지 않았다.

마치 오래전의 전쟁에서 입은 상처처럼.

"야, 불티."

불티를 위해 인간을 잡아 온 마로가 낑낑거리는 여자를 불티의 앞에 던져주며 말했다.

"널 그렇게 만든 게 혹시 이 인간이냐?"

마로는 여자의 휴대폰을 손에 들고 있었다.

불티가 손을 내밀자, 마로가 휴대폰을 건넸다.

그 안의 영상을 본 불티의 송곳니가 길어지는 걸 보며, 잡혀온 여자가 비명을 질러댔다.

퍼억-!

여자를 발로 차서 기절시킨 마로가 동영상을 멈추고, 제하가 든 검을 가리켰다.

"너, 이 검 기억 안 나냐?"

"이 검이 왜? 내가 기억하는 건, 이 새끼 얼굴이야!"

"인마."

마로가 불티의 뒤통수를 가볍게 쳤다.

"이 검도 기억해야지. 우리 아버지를 죽인 검인데."

그제야 불티는 제하가 든 검은색 검에 집중했다.

불티의 눈에 광채가 돌았다.

불티가 마로를 올려다보자, 마로가 차갑게 웃었다.

"그래. 이 자식을 죽일 이유가 또 하나 생겼네?"

✧✧✧

그는 커다란 TV에 나오는 화면을 보며 싱긋 웃었다.

그가 부채를 펼쳐 입을 가리고 중얼거렸다.

"저런."

그는 TV에 나오는 영상을 멈추고 천천히 걸어가서 TV 앞에 섰다.

TV의 가장자리에 [YISAL]이라는 로고가 그려져 있었다.

TV, 에어컨, 휴대폰과 온갖 가전제품, 화장품, 생필품······.

신시에 존재하는 것 중 '이살'의 로고가 찍히지 않은 것이 드물었다.

그리고 그는 그 '이살'의 주인 환웅이었다.

환웅은 가늘게 뜬 눈으로 제하가 들고 있는 검을 응시하다가 검지를 화면에 가져다 댔다.

그의 검지로 검의 모양을 따라서 길게 내리그었다.

"저런. 저런. 저런."

환웅은 넓은 사무실 안을 천천히 걷다가 다시 소파에 돌아와서 앉았다.

"저런⋯⋯. 어디서 많이 본 검이라고 생각했는데⋯⋯."

환웅이 팔을 들자, 사무실 구석의 어둠에 몸을 숨기고 있던 생물이 날아와 환웅의 팔에 앉았다.

그것은 독수리처럼 생겼지만, 뱀의 꼬리와 원숭이의 귀를 가지고 있는 기묘한 생명체였다.

"아무래도 저 사내가 저 검을 참 잘 다루는 것 같지요?"

"끼이이."

"그냥 놔둬도 알아서들 자멸할 줄 알았는데, 저 검이 등장한 이상 구경만 할 수는 없겠네요."

환웅은 기묘한 독수리의 머리를 긁어주며 재미있는 놀이라도 하듯 흥겹게 덧붙였다.

"슬슬 판을 하나 더 깔아줘야겠어요. 그렇지요?"

제 31 화
포수 part 1

하루는 깊고 긴 잠을 잤다.

며칠이 지난 후에야, 굳게 감겨 있던 그의 눈꺼풀이 천천히 올라가며 잿빛 눈동자가 드러났다.

에어컨의 서늘한 바람이 하루의 머리칼을 스쳤다.

하루는 느리게 눈을 깜빡이다가 거실에서 들려오는 소리에 고개를 돌렸다.

반쯤 열린 문밖으로 심각한 표정의 제하와 호수, 도건이 보였다.

"아무리 생각해도 라면에 들어가는 달걀은 풀어헤치는 게 맛있다고 봐."

제하의 말에 호수가 고개를 저었다.

"아니. 달걀은 라면이 거의 다 익어갈 때쯤 넣어서 그대로 익히는 게 최고야. 그걸 반으로 갈랐을 때, 반쯤 익은 노른자랑 면을 함께 먹으면 얼마나 맛있는 줄 알아?"

"오, 그건 좀 맛있겠네."

도건의 말에 제하가 상처받은 표정을 지었다.

"형……, 지금 호수 편드는 거야? 형도 지금까지 달걀을 풀어헤쳐서 먹었잖아."

"아니, 뭐. 새로운 것에 도전하는 건 즐거운 일이니까."

고작 라면에 들어가는 달걀 문제로 진지한 대화를 나누는 그들의 모습에 하루는 저도 모르게 미소 지었다.

좋다, 라는 생각이 절로 들었다.

저들은 무기를 잡고 사선에 뛰어들어 절박하게 싸우는 것보다 저런 쓸데없는 문제로 다투는 게 어울리는 나이였다.

라면 끓이는 것, 어떤 영화가 재미있는지에 대한 것, 옷을 사는 것…….

그렇게 아무런 도움도 안 되지만 그래도 함께 나누면 즐거운 문제들.

그런 이야기만 나누며 살 수 있는 세상이라면 좋을 텐데.

하루는 다시 눈을 감았다.

"타배는 우리를 배신했어! 비열한 잡종."

표리를 따라가서 들었던 이야기가 떠올랐다.

"우리 일족은, 그리고 다른 일족들도, 전부 타배를 믿었지. 타배가 더 나은 세상을 위해, 더 안전한 신시를 위해 노력할 거라고 생각했어. 그래서 우리의 장로님들은 모든 힘을 끌어모아서 그놈에게 축복까지 내려줬던 거야."

하루는 이제 기억도 나지 않는 그때의 이야기가 두두리 일족 사이에서는 대대로 전해지고 있었다.

"우리는 그놈과 함께 싸웠지. 하지만 그놈은 전쟁에서 승리하자마자 우리를 버렸어. 곰족과 함께 우리를 쫓아냈지."

의문이 생겼다.

그래서 물었다.

"인간들은 곰족의 후예다. 그런데 넌 인간을 위해 무기를 만들고 있지 않느냐?"

"당시 타배가 곰족에게 어떤 의미였는지 알아? 범족에게서 곰족을 지켜주는 고맙고도 위대한 존재였어. 곰족이 아니라 타배족이라고 불러야 할 정도였지."

곰족은 보이지 않는 신보다 가까이에 있는 영웅을 믿게 되었다.

방어에 특화된 곰족과 달리 범을 믿는 범족은 공격에 특화된 힘을 갖고 있었다.

혼혈인 타배는 그 두 힘을 모두 다 완벽하게 갖춘 자였다.

그런 그가 곰족의 편에 섰다.

"혼혈은 어느 한쪽의 힘만 갖고 태어나는데, 타배 그 잡종은 양쪽의 힘을 상급 수준으로 완벽하게 갖고 태어났어. 그러면서도 아주 친절하고 다정하고 정의로운 척하고 다녀서 처음에는 잡종이라고 무시하던 놈들까지도 그놈을 좋아하게 됐거든."

범족도, 곰족도, 다른 일족들까지도 타배를 좋아하게 되었단다.

당시 수호자였던 후포보다도 타배의 인기가 더 높아졌기에 그 전쟁에서 다들 타배의 편에 섰던 것이다.

하지만 타배는 배신했다.

전쟁이 끝나는 순간, 곰족을 제외한 다른 일족을 모두 신시 밖으로 쫓아냈다.

"인제 그만 꺼져. 잡종 냄새가 묻은 놈이랑은 더 이상 할 얘기 없으니까."

표리는 완고했다.

그러나 하루는 언젠가 이 증오로 가득한 두두리의 후손이 필요할 날이 올 거라는 예감이 들었다.

그래서 설득했다.

그 아이들은 아무것도 기억하지 못한다고, 그저 범들로부터 이 신시를 지키고 싶을 뿐이라고, 범들은 전쟁에 참여했던 너희를 기억하고 있을 거라고, 범들이 신시를 차지하면 너희 일족은 지금보다 더 살기 힘들어질 거라고.

표리는 망설이다가 자신이 만든 총을 하나 줬지만, 그뿐이었다.

함께 싸우자는 말에 그는 히죽 웃으며 말했다.

"잡종을 치우면."

그 완고한 태도에서 그들 사이에 전해져온 이야기가 진실에 가깝다는 걸 알 수 있었다.

원래 상처를 준 이는 잊어도, 상처받은 이는 그 일을 오래도록 기억하는 법이니까.

그렇다면 타배는 정말로 그토록 비열한 자였던 걸까?

기억이 온전치 않았다.

범의 눈썹을 가진 세인 역시 그들의 전생을 처음부터 끝까지 다 볼 수 있는 건 아닌 듯했다.

'도대체 타배는 무슨 생각이었던 거지?'

세인의 말에 따르면 그들은 타배의 영혼을 가지고 태어난 듯했다.

'하지만 나는 범바위인데…… 왜 내게서도 타배의 전생이 보이고, 왜 나 역시 타배의 기억이 있는 걸까?'

너무도 오랜 시간을 살아서 산산이 부서진 기억의 조각들.

세인을 만나면서, 아니, 어쩌면 일곱 명이 모이면서부터 기억의 파편 속에서 내 것이 아닌 기억을 발견하곤 했다.

그것은 아마도 타배의 기억이리라.

모두가 같은 전생을 갖고 있다는 것도 이상한데, 범바위인 자신에게서도 그들과 같은 전생이 보인다는 건 더더욱 이상했다.

'전생은 그렇다 쳐도……'

하루는 여전히 라면에 넣는 달걀을 두고 심각한 토론을 펼치는 일행을 응시했다.

'저 애들한테 표리에게 들은 말을 어떻게 전하지?'

저들은 타배를 범과 싸운 영웅으로 알고 있었다.

하지만 그게 아니라면? 사실은 곰족의 부흥을 위해 범족과 다른 종족을 쫓아낸 천인공노할 작자라는 걸 알게 된다면?

그래도 저들이 지금처럼 아무 대가도 바라지 않고 범들과의 전쟁을 계속할까?

혹시 타배의 기억이 온전히 떠올라 그의 유지를 이어받아야겠다는 생각을 하게 되지 않을까?

'타배의 유지……'

만약 이 신시에 인간만 있었다면 타배의 유지를 잇는 것도 나쁘지 않았다.

인간은 곰족의 후예니까, 인간을 위해 범과 싸우는 삶을 살게 될 것이다.

하지만 이제 신시에 표리처럼 다른 종족으로부터 이어진 조금 다른 모습의 생명도 있다는 걸 알게 됐다.

만약 타배의 유지가 곰족 이외의 모든 것을 신시에서 지우는 거라면…….

"하루야?"

마침 돌아본 제하와 눈이 마주치는 바람에 하루는 상념에서 벗어났다.

"이제야 깬 거야? 야, 인마. 너 얼마나 잔 줄 알아?"

"그러냐."

"그러냐, 가 아니야. 난 네가 다시 바위로 돌아가는 줄 알았다고."

가까이 다가오는 제하를 보며 하루는 쓸쓸한 미소를 지었다.

침대 옆에 멈춘 제하가 하루를 향해 손을 뻗었다.

길고 모양 좋은 손가락이 하루의 잿빛 머리카락을 사륵, 걷어 올렸다.

"너, 무슨 일 있어?"

걱정스레 묻는 선량한 호박색 눈동자를 하루는 가만히 응시하다가 느리게 고개를 저었다.

"아니, 아무 일도 없다. 그냥 피곤했을 뿐이야."

긴 장마가 끝나고 더운 여름이 시작된 8월의 어느 날.

이살 그룹에서 시민을 위해 앱을 하나 개발해 무료로 배포했다.

'포수'라는 이름을 붙인 이 앱은 일반 시민과 범 사냥꾼들이 모두 사용할 수 있는 것으로, 일반 시민이 알림을 보내면 가까운 곳에 있는 범 사냥꾼들에게 자동으로 위치를 전해주었다.

"범과 마주쳤을 때, 혹은 범일 것 같다 싶은 수상한 자를 발견했을 때, 여러분은 휴대전화의 이 전원 버튼을 딱 세 번만 누르면 되지요."

앱을 발표하는 날, 환웅은 부채로 입가를 가리고 말했다.

부채 뒤에 감춰진 입술이 잔혹한 미소를 띠고 있다는 걸, 아무도 몰랐다.

"그러면 가까운 곳에 있는 범 사냥꾼들이 여러분을 구하러 달려와 줄 거랍니다. 아, 이건 범 사냥꾼들에게도 도움이 되지요. 혼자서 싸우기 힘들다 싶을 때, 전원 버튼을 딱 세 번 누르면 되니까요."

앱을 켤 필요도 없었다.

휴대전화에 앱을 설치하는 순간, 휴대전화 기능과 연동되어 버튼만 누르면 곧바로 알림을 보낼 수 있었다.

기자회견을 끝내고 자신의 사무실로 돌아온 환웅은 커다란 창문 밖으로 펼쳐진 신시를 내려다봤다.

독수리 같지만 독수리가 아닌 기묘한 생물이 날아와 환웅의 어깨에 앉았다.

환웅은 독수리의 머리를 살살 긁어주며 중얼거렸다.

"이 앱은 모두가 사용할 거예요. 다들 어떻게든 살고 싶을 테니까.”

“키이이이.”

독수리가 보채듯 기괴한 소리를 내자 환웅이 싱긋 웃었다.

“조금만 기다려요. 곧 배불리 먹을 수 있을 거예요.”

앱 ‘포수’의 배포가 시작되고 얼마 지나지 않아, 신시에 사는 시민 대부분과 범 사냥꾼들의 휴대전화에 ‘포수’가 설치되었다.

포수, 써본 사람?

ㄴ나, 써봄. 대박.

ㄴ정말 바로 옴?

ㄴㅇㅇ 바로 옴. 덕분에 목숨 구함.

환웅, 진짜 대단하지 않음? 나 같으면 돈 주고 팔 텐데.

ㄴ맞음. 이살에서 제일 먼저 개발해서 다행인 듯.

ㄴ다른 기업이었으면 범 사냥꾼들에게는 무료로 배포하고

일반 시민에게는 돈 주고 팔았을 거예요. 아니면 매달 이용료를 받든가.

└맞아요. 우리처럼 힘없는 시민들은, 이용료를 내서라도 범 사냥꾼을 바로바로 부르고 싶어 할 테니까요.

└앱에 광고도 없는 거 앎? 환웅 말로는 광고 같은 거 붙이면 앱 느려질까 봐 안 붙였다고 함.

└우리 환웅 님, 적게 일하고 많이 버셔야 할 텐데. 이렇게 나눠주기만 해서 어쩔?

처음에 시민들은 '포수' 앱에 열광했다.

그건 범 사냥꾼들도 마찬가지였다.

범들은 빠르게 나타났다가 빠르게 사라져서 범 사냥꾼들이 도착했을 때는 상황이 다 끝난 후일 때가 많았다.

하지만 '포수' 덕분에 전보다 실적이 좋아졌다.

알림이 울리면 눌러서 위치를 확인하고 그곳으로 달려가기만 하면 됐다.

근처에 있는 범 사냥꾼 여럿에게 동시에 알림이 가기 때문에 여럿이 힘을 합쳐 범과 싸울 수 있어서 상처를 입거나 사망하는 일도 줄었다.

사람들은 '포수'가 완벽한 앱이라고 생각했다.

처음에는 그랬다.

제 32 화
포수 part 2

재원은 멍하게 범 사냥꾼을 올려다봤다.

범 사냥꾼은 이제 17살인 재원보다 머리 하나는 더 큰 남자였다.

떡 벌어진 어깨, 탄탄해 보이는 가슴, 산전수전 다 겪었을 것 같은 험상궂은 외모.

다른 때라면 만나고 싶지 않을 타입이지만, 범을 잡기 위해 달려와 준 사람이라면 얘기가 달라진다.

'포수'를 누르는 순간, 달려온 그의 모습을 보며 안도했던 것이 몇 분 전의 일이었다.

"뭐 하냐? 얼른 내놔."

범 사냥꾼이 건들거리며 말했다.

재원은 가까스로 정신을 차렸다.

"뭐, 뭘…… 달라고요?"

"하, 이 새끼. 말했잖아. 학생 할인해서 200만 원에 해주겠다고. 감사하게 여겨. 딴 놈들은 나보다 많이 받고, 어리다고 해서 할인을 해주지도 않거든."

"200만 원은…… 왜……?"

범 사냥꾼은 어깨가 움직일 정도로 깊은 한숨을 내쉬었다.

그의 눈가에 서리는 짜증에 재원은 긴장했다.

"아가야. 뭐든 이용을 했으면 이용료를 내야지. 어릴 때부터 공짜 좋아하면 못 쓴다."

"하, 하지만…… 포수는 무료 이용인데……."

"아, 거야 앱 설치가 무료인 거고."

"하지만……."

"하지만이 아니야, 하지만이. 잘 생각해봐라, 아가야. 앱을 개발하신 위대한 환웅 님이야 저 높고 안전한 곳에 앉아서 앱 배포만 하면 그만이지만, 우리는 범이랑 목숨을 걸고 싸운다고. 다른 것도 아니고 목숨."

"……."

"목숨 걸고 싸워달라고 부르면서 한 푼도 안 내겠다고? 우리가 네 따까리냐? 개인 경호원이야? 아, 개인 경호원도 돈 받고 해주는 거지. 봐봐, 누가 꽁으로 일을 해주냐고."

"고, 공짜 아니잖아요."

재원은 용기를 냈다.

200만 원이라니. 그렇게 큰돈은 없다.

"범 잡아서 이살에 가져다주면 돈 주잖아요."

"하아. 그거 알아? 무기가 드럽게 비싸단 말이지. 우리도 시민의 안전을 위해 움직이려면 좋은 무기가 필요하니까, 어쩔 수가 없다는 거야."

"하, 하지만……."

"야, 뭐 해? 아직도 돈 못 받았어?"

범 사냥꾼의 동료가 짜증스럽게 물었다.

그는 범의 머리를 잘라서 손에 쥐고 있었다.

그의 오른손에 든 검에서 피가 뚝뚝 떨어지는 걸 보며 재원은 두 눈을 질끈 감았다.

무서운 범이지만, 지금은 눈앞에 있는 범 사냥꾼들이 더 무서웠다.

등에 식은땀이 맺혔다.

"아가야. 나는 친절한 편인데 저 친구는 그렇지가 않거든.

빡이 돌면 아무도 못 말려요. 너 같은 어린애가 우리 등쳐먹으려고 하는 꼴을 못 보는 놈이야."

범 사냥꾼의 동료가 음산한 표정으로 다가왔다.

범의 목을 자른 검이 천천히 위로 올라가는 걸 보며 재원이 얼른 말했다.

"드, 드릴게요. 드릴게요, 200만 원."

"그래, 착한 청소년이라면 그래야지."

"하, 하지만…… 저, 지금은 돈이 없어서요. 부모님께 말씀드려야 하는데……."

"그래, 그래. 아들 목숨을 살려줬는데 200만 원은 껌값이겠지. 하, 우리는 진짜 저렴하다니까."

재원은 범 사냥꾼들을 데리고 집에 가는 수밖에 없었고, 저녁을 하던 재원의 어머니는 깜짝 놀랐지만 깡패 같은 범 사냥꾼들의 태도에 어쩔 수 없이 200만 원을 내주었다.

원하는 것을 얻은 범 사냥꾼은,

"또 불러주쇼. 우리처럼 저렴하게 이용할 수 있는 사람은 없을 테니까."

라고 말하며 떠났다.

정말로 그랬다.

❖❖❖

헐. 나 어제 범 만나서 포수 썼거든? 근데 범 사냥꾼이 돈 받아감. 300이나 받아감.

  └300은 싼 거. 요새 보통 500이라더라.

  └포수 무료 아니었음?

  └포수는 무료임. 범 사냥꾼들이 무료가 아님.

  └돈독 올랐네. 범 사냥꾼들, 범 잡으면 현상금 받잖아.

  └꼭 좋은 걸 만들어놓으면 이런 식으로 이용하는 사람들이 있더라고요. 저희 할머니도 포수 썼다가 400만 원이나 냈대요. 처음에는 사기인 줄 알았는데, 요새 범 사냥꾼들이 거의 돈 받는다더라고요.

  └꼭 나쁜 것만은 아니지 않나? 그 사람들도 목숨 걸고 싸우는 거고, 그 사람들 덕에 목숨 건진 건데. 목숨값 500만 원이면 싼 거지.

  └아니, 그래도 500은 심하지. 우리 같은 소시민한테 500이 어디 있다고?

  └범 사냥꾼들에 대한 대우가 너무 좋은 것 같음. 그 사람

들 식당에 가면 할인도 엄청 해주던데.

ㄴ없이 살던 놈들이라 돈맛 좀 보니까 이성 잃은 듯.

ㄴ어떤 범 사냥꾼, 은퇴하면서 겁나게 좋은 집 샀던데.

ㄴ운 좋게 범 사냥꾼 능력을 얻은 거면서, 자기들이 뭐라도
되는 것처럼 구는 거 진짜 재수 없어.

환웅은 인터넷에서 '포수'에 대해 떠들어대는 글을 보며 피
식 웃었다.

"하찮은 놈들."

'포수'를 개발할 때부터 인간들이 이런 식으로 나오리라는
걸 예상했다.

돈 몇 푼 때문에 신의를 버리고 돈 몇 푼 때문에 상대를 질
투한다. 그렇게 시작되는 분열이 어떤 결과를 가져올지도 모르
는 채.

옛날에도 그랬다.

"그래, 너희는 옛날에도 그랬지요."

환웅은 그때를 떠올리며 키득키득 웃었다.

"그때는 참 재미있었는데…… 지금도 참 재미있네요. 그렇지
요?"

❖❖❖

"흐아. 가을은 언제 오나."

도건이 옷을 펄럭거리며 중얼거렸다.

"그 치렁치렁한 코트를 벗으면 좀 시원하지 않을까?"

주안의 말에 도건이 인상을 찌푸렸다.

"안 돼. 이건 내 동생들이 처음 번 돈을 모아서 사준 거라고. 이제 이건 나 자체와 같아. 벗는 순간, 난 죽는다."

"아, 그래. 그런데 목욕하러 들어갈 땐 잘만 벗던데."

도건은 주안의 말에 대꾸하는 대신 옆에 보이는 아이스크림 가게를 가리켰다.

"저거나 먹자."

아이스크림 매장은 에어컨을 세게 틀어놔서 시원했다.

주안은 아이스크림을 사서 나갈 생각이었는데 도건은 굳이 먹고 가자고 했다.

쌀쌀한 곳에서 아이스크림까지 먹으니 바깥의 무더위가 잊힐 정도로 서늘했다.

주안이 부르르 떨자 도건이 말했다.

"이제 이 코트의 중요성을 알겠냐?"

"그거 알려주려고 굳이 여기서 먹고 가자고 한 거야?"

도건이 고른 이를 드러내며 웃었고, 주안은 그렇게 웃는 도건이 참 보기 좋다고 생각했다.

"넌 어떻게 그렇게 웃을 수 있지?"

"음?"

"동생들, 생각 안 나?"

"나지. 매일 나. 길 걷다가도 나고, 화장실 갔다가도 나고, 잠을 자다가도 나고."

도건이 자기 앞에 놓인 아이스크림 컵을 내려다봤다.

"이런 걸 먹을 때도 나고……. 여기 아이스크림이 좀 비싸잖아. 그래서 우리가 어릴 때 꿈이, 나중에 어른이 돼서 돈 벌면 여기 아이스크림 먹는 거였거든. 그리고 정말로 그렇게 했지."

도건의 눈가에 쓸쓸한 슬픔이 스쳤다.

"내 동생 중의 한 명이 재철이라는 녀석인데. 그 녀석이 아이스크림을 배 터지게 먹고 그러더라고. 이제 죽어도 여한이 없다고. 그러고 진짜로 죽을 줄이야……."

"……미안해. 괜히 얘기 꺼내서."

"아냐. 뭐, 죽은 사람은 죽은 거고, 산 사람은 살아야 하는 거잖아. 나는 내가 죽더라도 그 녀석들이 잘살기를 바랐을 거거든. 그 녀석들도 그렇게 생각했을 거라고 믿고 잘살아 보려고. 먹기도 하고, 웃기도 하고…… 아주 가끔은 울기도 하고, 그러면서."

도건의 말을 들으며 주안은 생각했다.

'나래야, 너도 그러니? 나 혼자 살아남아서 먹기도 하고, 웃기도 하는 내가 밉지는 않니? 너와 함께하기로 했던 것들을 혼자서 하는 내가 싫지 않니?'

슬픔에 젖은 주안을 물끄러미 응시하던 도건이 말했다.

"너, 부모님이랑은 이제 괜찮아졌냐?"

"……응, 뭐. 그렇지."

"안 괜찮구나?"

주안이 범 사냥을 하겠다고 하자, 부모님은 말렸다.

언제나 순하게 부모님의 뜻을 따라온 주안은 처음으로 반항했고, 그 때문에 어머니는 많이 울었다.

걱정하는 부모님의 마음을 모르는 건 아니지만, 나래가 자신을 지키느라 죽었는데 나 혼자서만 편하게 지낼 수는 없었다.

무언가를 해야만 한다.

나래를 죽게 만든 이 상황을 끝낼 만한 무언가를.

"너희 부모님도 널 사랑하셔서 그런 걸 거야."

"응, 그렇겠지."

"살아 계실 때 잘해드려."

"그래. 이 싸움이 끝나면."

주안의 말에, 도건이 쓴웃음을 지으며 의자에 등을 기댔다.

"이 싸움이 끝나기는 할까 싶다. 포수 앱 생기면서 사냥 양이 늘었는데, 범이 줄어들 기미를 안 보이잖아. 생각해보면, 인간도 이렇게 무지막지하게 많은데, 범도 우리 예상보다 훨씬 많은 거 아닐까?"

"그러게. 게다가…… 포수 앱이 생긴 건 좋은데, 이걸 장난삼아서 누르는 사람들이 있는 게 문제야."

"아, 맞아. 썩을 놈들. 저번에 알림 울려서 달려갔더니, 아무도 없더라고. 진짜 개빡쳤었는데."

"누르는 사람 정보가 뜨면 장난으로 누르는 일도 없을 텐데. 환웅은 거기까지 생각 못 했나?"

"그러게 말입니다."

포수를 장난으로 누르는 사람이 생겨서 범 사냥꾼들이 이에 대해 수정 요청을 보냈지만, 환웅은 그에 대해 명확한 답을

주지 않았다.

범 사냥꾼은 목숨 걸고 싸우는데 장난으로 포수를 누르는 일반 시민 때문에 화가 나고, 시민은 돈을 따로 받는 범 사냥꾼 때문에 화가 나는 상황이었다.

포수 개발 전에는 없었던 미움이 싹트고 있다는 걸 시민들은 눈치채지 못했다.

그때, 도건과 주안의 휴대전화가 동시에 진동했다.

둘 다 황급히 휴대전화를 꺼내 확인했더니 포수의 알림이 들어오고 있었다.

"야, 이거 우리 대화 들은 것 같지 않냐?"

도건이 휴대전화를 흔들며 말하는 동안, 주안이 앱을 눌러 위치를 확인했다.

"이 건물 골목 안쪽이야."

"만약 장난으로 누른 거면 찾아내서 엉덩이를 걷어차줘야지."

도건과 주안은 가게를 빠져나와 지도에 표시된 곳을 향해 달렸다.

일반인이 아닌 그들은 빠르게 움직였고, 1분도 지나지 않아서 알림을 울린 곳에 도착할 수 있었다.

장난으로 누른 것이 아니었다.

범이 있었다.

'두 마리.'

주안은 창을 잡은 손에 힘을 줬다.

'상당히 강한 놈들이야.'

제 33 화
원하는 바다

포수 앱 때문에 범 사냥꾼 여럿이 몰려오면서 범 사냥률이 높아지자, 범들도 위기의식을 느낀 듯 여럿이 함께 다니기 시작했다.

　'하지만 저놈 하나였어도…… 우리가 이길 수 있을지 모르겠어.'

　주안은 긴장했다.

　여자 범과 남자 범.

　여자 쪽은 갈색이고 남자 쪽은 흰색이었는데, 하얀 범이 어마어마하게 강하다는 걸 느낄 수 있었다.

　하지만 범의 힘을 완벽하게 알아보지 못하는 도건은 크게 긴장하지 않은 듯 총을 쏘았다.

째액-!

소음기를 부착했어도 소리를 완전히 없앨 수는 없었다.

구석에 몰린 인간 남자를 노려보던 범들이 휙 돌아섰다.

하얀 범이 뻗은 손이 날아오는 총알을 쉽게 잡았다.

범 사냥꾼용으로 개발한 총이다. 거기에 도건의 힘까지 실렸다.

평범한 총보다 빠르고 강하게 쏘아진 총알을 저렇게 쉽게 잡다니.

그제야 도건도 긴장한 듯 자세를 다잡았다.

"사, 사, 살려주세요!"

범들 뒤에 있던 남자가 외쳤다.

'살려주고는 싶은데…… 우리도 살 수 있을지…….'

주안은 저 하얀 범이 불티만큼이나 강한 상급 범이라는 걸 알 수 있었다.

갈색 범은 중급 정도 될까?

중급 범도 버거울 상황인데 상급 범까지 한꺼번에 상대해야 한다니.

주안의 눈동자가 슬쩍 굴러 도건을 향했다가 다시 범들에게 고정되었다.

'도건이라도 살려야 해. 도건이가 애들을 불러오게 하면……'

"가라."

그때, 하얀 범이 깜짝 놀랄 말을 했다.

"뭐?"

도건이 되묻자, 하얀 범이 천천히 손을 들어 도건과 주안의 뒤쪽을 가리켰다.

"못 본 척, 못 들은 척, 그냥 가라. 살려줄 테니."

범 사냥꾼을 그냥 보내주려는 범을 만나는 건 처음이었다.

이길 수 없을 거라는 생각 때문에 저러는 것 같지는 않았다.

"그럼 그 남자도 살려줘."

도건이 턱으로 범들 뒤의 남자를 가리키며 말했다.

하얀 범이 날카로운 이빨을 드러내고 웃었다.

"이놈은 안 돼."

"그럼 우리도 안 가."

크르르르르―

하얀 범이 포효했다.

갈색 범이 날아올랐고, 하얀 범이 검은 안개에 휩싸였다.

공중으로 날아오른 갈색 범을 향해 도건의 총알이 날아갔다.

갈색 범은 몸을 비틀어 피하며, 내리꽂히듯 도건을 향해 몸을 날렸다.

도건은 총신을 들어 갈색 범의 손톱을 막아냈다.

채앵-!

"좀 하는 꼬마구면."

갈색 범이 유쾌하게 말했다.

"너도 좀 하네."

도건의 대응에 갈색 범이 히죽 웃었다.

그러는 동안에도 하얀 범과 주안의 싸움은 계속되고 있었다.

긴 장창과 검은 안개 때문에 갈색 범과 도건은 제대로 싸우기 힘들었다.

"딴 데 가서 싸울까? 저기에 휘말리면 우리 둘 다 엿 될 것 같은데."

갈색 범이 엄지로 검은 안개 쪽을 가리키며 말했다.

"좋지."

갈색 범이 먼저 날 듯이 달렸고, 도건이 그 뒤를 쫓았다.

도건은 갈색 범이 사람 많은 곳으로 이동할 줄 알았다.

그런 곳으로 가면 도건은 사람들을 지키느라 제대로 싸울 수 없을 테니까.

하지만 놀랍게도 갈색 범이 멈춘 곳은 사람이 아예 다니지 않는 폐가 근처였다.

"여기가 좋겠군."

갈색 범이 주위를 둘러보며 중얼거렸다.

"너는…… 지금까지 내가 상대해온 범들이랑 좀 다른데."

갈색 범이 웃었다.

"지금까지 어떤 놈들을 상대했는데?"

"이름이 뭐지? 아, 나는 도건이야."

"저런. 이름을 알면 정이 들어버리는데. 나는 하라."

하라는 도건보다 키가 크고 머리가 짧지만 몸이 호리호리하고 목소리가 가늘었다.

머리 위에 쫑긋 선 범의 귀가 갈색 털로 뒤덮여 있었다.

"옛날에는 대결할 때 서로의 이름을 밝히고 하는 게 예의였다더라고."

"아, 그럴 때도 있었지."

하라가 그리운 듯 말했다.

역시 하라는 다른 범들이랑 뭔가 좀 다르다.

지금껏 상대해온 범들은 마치 살인귀 같았다. 인간을 죽이지 못해 안달 난 놈들.

하지만 하라는 범이 아닌 평범한 인간처럼 보이기까지 했다. 범의 귀가 있음에도 불구하고.

"이름을 알았다고 해서 봐줄 생각은 없어. 죽일 거다."

도건의 말에 하라의 입술이 즐거운 듯 벌어졌다.

"원하는 바다."

하얀 범이 만들어낸 검은 안개가 주안의 시야를 덮었다.

주안은 눈을 감고 범의 기척을 읽어냈다. 하지만 창을 함부로 휘두를 수가 없었다.

도건 때문이었다.

하얀 범 역시 근처에 있는 갈색 범을 신경 쓰는 듯, 움직임이 더딘 덕분에 하얀 범의 공격을 막을 수는 있었다.

'여긴 너무 좁아. 도건이가 다칠지도 몰라.'

그런 생각을 하고 있을 때, 갑자기 갈색 범과 도건의 기척이 사라졌다.

아무래도 다른 데 가서 싸우려는 모양이다.

'차라리 잘됐어.'

위험한 건 하얀 범이다.

갈색 범은 중급이니 도건이 최선을 다한다면 이길 수 있을 것이다.

이긴다면 혼자 돌아오지 않고 다른 일행을 불러오리라.

'이 범은 나 혼자서는 못 이겨.'

주안은 창을 잡고 하얀 범의 손톱을 피해 뒤로 물러섰다.

포수 앱으로 근처의 다른 범 사냥꾼들을 불러볼까 하다가 관뒀다.

희생자만 늘 뿐이다.

째액-! 샤아악-!

손톱이 공기를 가르는 소리와 주안이 피하는 소리만 골목 안에 가득 찼다. 검은 안개가 자꾸 시야를 가려서 범의 공격을 완전히 피하기 어려웠다.

하얀 범의 위치를 알아낸 주안이 장창을 찔러넣었지만,

휘익-!

하얀 범은 이미 공기를 밟고 허공으로 올라선 후였다.

내리꽂히는 하얀 범을 피해 주안은 몸을 굴렸다.

하얀 범은 예상한 듯, 주안이 굴러간 곳을 향해 몸을 틀었고 주안은 두 손으로 장창을 가로로 들어 하얀 범의 손톱을 막았다.

퍼석-!

지금껏 범들과 싸우면서도 무사히 버텨온 장창의 손잡이에 하얀 범의 손톱이 박혔다.

하얀 범이 콧등을 찡그렸다.

"인간들은 묘한 무기를 만들어내는군."

대꾸할 여력은 없었다.

주안은 무릎을 굽혔다가 두 발로 하얀 범의 복부를 걷어찼다.

예상치 못한 강한 힘에 하얀 범이 뒤로 날아갔다.

그 틈을 타서 주안은 몸을 일으키고 장창을 고쳐 쥐었다.

"인간 주제에 강하구나."

하얀 범이 놀랍다는 듯 말했다.

주안도 놀라웠다.

저런 상급 범을 걷어찰 만한 힘이 있었다니.

나래가 남겨준 힘 덕분에 속도와 힘이 상승했다는 건 알았지만, 이 정도로 강한 힘이 있을 줄은 몰랐다.

'어쩌면 가능성이 있을지도…….'

주안은 서서히 장창에 힘을 불어넣었다. 주안의 육체에서도 스멀스멀 어두운 기운이 번져 나오기 시작했다.

검은 안개.

그걸 본 하얀 범의 눈이 커졌다.

"너, 범이냐?"

주안은 대답 없이 검은 안개로 하얀 범의 시야를 가리고 하얀 범을 향해 달려갔다.

힘을 실은 장창을 하얀 범의 가슴 쪽으로 찔러넣었다.

푸욱-!

박히는 느낌이 났다.

'됐어!'

속으로 쾌재를 외친 것도 잠시.

부웅-!

창을 쥔 주안의 몸이 공중으로 떠올랐다가 바닥으로 내팽개쳐졌다.

"큭!"

세게 떨어지는 바람에 격한 통증이 몰려왔다. 주안은 구역질을 참으며 몸을 일으키려고 노력했다.

그런 주안의 눈에 하얀 범의 모습이 들어왔다. 그의 손바닥에 주안이 찌른 창이 꽂혀 있었다.

그제야 어떻게 된 일인지 알 수 있었다.

하얀 범이 손바닥으로 창을 막은 후, 그대로 창을 들어 올려 주안을 땅에 떨어뜨린 것이다.

그 속도가 너무 빨라서 대처할 틈이 없었다.

하지만 다음 순간 하얀 범이 하는 행동을 주안은 도저히 이해할 수가 없었다.

'왜 저러지?'

하얀 범은 자기 손에 꽂힌 장창을 신기하다는 듯 응시하다가, 창끝에 코를 대고 킁킁 냄새를 맡기 시작했다.

그러더니 이번에는 주안 쪽을 향해 킁킁거렸다.

'아니, 저놈의 생각 따위는 아무래도 좋아.'

하얀 범이 딴 데 정신이 팔렸을 때, 이 싸움을 끝내야 한다.

'될까?'

주안의 몸에는 나래의 힘이 있었다.

'될 거야.'

주안은 힘겹게 일어나서 양손에 남은 힘을 집중시켰다.

몸 안에 흐르는 힘이 두 팔을 지나 손가락 끝으로 몰려가는 게 느껴졌다.

스으으으–

짧았던 손톱이 서서히 길어지는 그 순간.

하얀 범이 갑자기 눈을 부릅뜨더니 주안을 노려보며 물었
다.

"너, 나래냐?"

졌다.

도건은 이 상황을 믿을 수 없었다.

중급 정도인 줄 알았던 하라는 그보다 훨씬 강했다.

중급에도 급이 있나 보다.

'하긴…… 나는 제하나 주안이처럼 신기한 힘을 갖지 못했
지.'

하라는 도건을 거의 가지고 놀다시피 했다.

그녀의 손톱에 긁히고 치이고 찔렸다.

소중히 여기던 코트가 찢어지고 온몸이 피투성이가 되었다.

'내가 너무 나댔어.'

생각해보면, 도건은 언제나 서포트하는 위치였지 1 대 1로 제대로 싸워본 적이 없었다.

하급 범이라면 혼자서도 이겼겠지만 중급 범은 달랐다.

바람을 타고 움직이며 그림자를 통해 몸을 감추는 중급 범을 총 하나로 상대하는 건 무리였다.

평소처럼 모습을 감추고 총을 쏘면 되지 않을까 싶어서 숨을 곳을 향해 달렸지만, 하라의 속도를 이길 수는 없었다.

'심지어 하라는 내가 숨을 곳을 찾게 놔두기까지 했어.'

그래서 숨었지만 하라는 쉽게 도건의 위치를 찾아냈다.

'숨은 사람을 찾아낼 수 있는 기술이 있는 게 분명해.'

제힘을 제대로 알지 못하고 나댄 결과가 이거다.

제하나 주안, 호수 같은 녀석들과 함께 싸우다 보니 자신도 그만큼 강한 줄 알고 있었다.

'내가 좀 더 강했더라면…….

좋았을 텐데.

나도 범을 먹든가, 혼혈이든가, 아니면 연인이 범이었든가…….

그랬더라면 좋았을 텐데.

'하. 나 진짜 별로다.'

그런 식으로 힘을 얻은 동료들이 그 때문에 얼마나 괴로워하는지 알면서 팔자 편하게 그런 식으로라도 힘을 갖고 싶다는 생각을 하다니.

저벅—

귀 옆에서 들리는 소리에 고개를 돌리니, 손톱을 집어넣은 하라가 서 있었다.

범의 귀가 쫑긋하게 올라오는 건 싸울 때뿐인지, 전투태세를 벗어난 하라는 거의 인간처럼 보였다.

도건을 가만히 내려다보던 하라가 입을 열었다.

"이름을 알았다고 해서 봐줄 생각은 없어. 죽일 거다."

하라는 아까 도건이 했던 말을 똑같이 반복했다.

도건은 목숨을 구걸하고 싶지 않았다.

살고 싶지만, 패배한 싸움에서 살기 위해 버둥거리고 싶지 않았다.

'나는 이기면 하라를 죽일 생각이었어.'

그러니까 승리한 하라가 날 죽이는 건 당연하다.

이런 상황에서 살려달라고 매달리면 저세상에 가서 동생들을 볼 낯이 없다.

도건은 눈을 감았다.

"원하는 바다."

제 34 화

허서

"하! 아니지. 네가 나래일 리가 없지. 하하하."

하얀 범이 머리에 손을 대고 하하하, 웃는 모습을 주안은 멍하니 올려다봤다.

하얀 범의 행동에는 어딘지 모르게 연극배우 같은 구석이 있었다.

"그런데 왜……"

하얀 범이 다시 킁킁거렸다.

"나래 냄새가 나지?"

"나래를…… 알아?"

"당연히 알지. 그 애가 얼마나 강하고 얼마나 특이했는데. 몇 년 전부터 인간 꼬마가 귀엽다면서…… 아! 네가 그놈이구나.”

하얀 범이 주안의 옆에 쭈그리고 앉아서 주안의 얼굴을 가만히 들여다봤다.

하얀 범의 노란 눈동자에는 살기가 없었다. 그는 그저 신기하고 재미있다는 듯, 주안의 얼굴을 살펴보기만 했다.

그런 하얀 범이 정말로 인간처럼 보여서 주안은 당혹스러웠다.

나쁜 범만 있는 게 아니라는 걸 알았다. 나래처럼 인간을 좋아하고 거의 인간에 가까운 범들도 있다는 걸 알면서도 최근 만난 범들이 너무 악독해서 잊고 있었다.

나래와 범을 같은 종족이라고 볼 수가 없었다.

하지만 지금 눈앞에 있는 하얀 범은 정말이지, 인간 같다.

이 범이 정말로 인간을 잡아먹을까?

그렇게 살육하고 고문하며 인간을 괴롭힐까?

“나래가 널 알게 된 후로 늘 네 얘기뿐이었지. 요만하고 귀엽다나?”

하얀 범이 손가락 한마디 크기를 만들어 보였다.

“그렇게까지 작았던 적은 없는데⋯⋯.”

주안이 가까스로 내뱉은 말에 하얀 범이 껄껄껄 웃었다. 이번에도 마치 연극배우처럼 과장된 웃음이었다.

"이름이 뭐였더라? 주, 뭐라고 했던 것 같은데."

"주안."

"오, 그래. 주안. 그런 이름이었지. 나는 허서라고 하는데, 나래가 널 만나서 내 얘기를 하진 않았느냐?"

"……않았는데."

"이럴 수가! 나래가 범 중에 제일 좋아하는 게 난데……."

주안은 범의 표정이 이렇게 다양할 수도 있다는 걸 새삼스레 알게 되었다.

나래는 잘 울기도 하고 웃기도 했지만, 주안에게 나래는 '범'이 아닌 연인이었다.

"그래서, 나래는 어디 있지?"

허서가 주위를 둘러보며 물었다. 아무래도 허서는 나래와 상당히 친한 사이인 듯했다.

그에게 나래의 죽음을 말하기가 쉽지 않아서 한참 입술을 달싹거리다가 말했다.

"나래는…… 죽었어."

"뭐?"

허서가 벌떡 일어났다.

흉흉하게 퍼지는 그의 살기에 주안도 얼른 몸을 일으켰다.

뼈 마디마디가 부서질 듯 아팠다.

지금껏 다정했던 허서의 눈동자가 차게 가라앉았다.

"설마…… 네놈이 죽였나?"

"그럴 리가 없잖아."

"아니, 방금 너는 우리와 같은 힘을 사용했지. 나래를 죽이고 그 힘을 빼앗은 거냐?"

"……범을 죽이면 그 힘을 빼앗을 수 있어?"

"그거야……!"

거기까지 말하고 허서가 입을 다물었다.

살기로 가득했던 그의 노란색 눈동자가 차분하게 가라앉았다.

"……없지."

"응. 그럴 수 없는 게 당연하잖아."

"그럼 왜 네가 범의 힘을 사용하지? 설마…… 잡종이냐?"

잡종.

표리도 제하를 보며 '잡종'이라고 했었다.

"아니야. 나도 어떻게 된 건지는 잘 모르겠어. 나래가 날 지키다가 죽었고, 정신을 차려보니……."

주안은 자신의 가슴 위에 손을 얹었다.

"이 안에 나래가 있었어."

"······그거, 그, 무슨 드라마에서 그런 말을 하던데. 그 안에 너 있다고."

이제야 주안은 허서가 왜 가끔씩 연극적인 태도를 보이는지 짐작할 수 있었다. 아무래도 허서는 TV를 많이 보나 보다.

이런 심각한 상황에 어울리지 않는 깨달음에 피식 웃음이 나왔다.

어째서, 범을 앞에 뒀는데도 이렇게까지 긴장이 안 되는 걸까?

어째서, 범과 싸운 후인데도 TV 드라마 대사 따위를 떠올리는 걸까?

어째서······.

'나는 저 범이 밉지 않은 걸까?'

허서가 다가왔다.

"누가 나래를 죽였지? 범 사냥꾼이냐?"

주안이 고개를 저으며 대답했다.

"아니. 불티라는 범이 죽였어. 문신이 있는······."

허서의 경악한 표정이 주안의 말을 끊었다.

주안은 허서가 왜 이렇게까지 놀라는지 알 수 없었다.

인간을 좋아하는 범들은 죽이기로 한 것 아니었나?

그렇다면 나래는 가장 먼저 죽여야 할 범이었다. 인간을 좋아할 뿐 아니라, 사랑까지 했으니까.

하지만 지금 허서의 표정을 보면 범이 범을 죽이는 일 따위는 절대 일어나지 않고, 결코 일어나서도 안 될 일인 것 같았다.

"하, 하, 하."

이윽고 허서가 관자놀이에 손을 대고 어색하게 웃었다.

"재미있는 농담이었어. 깜빡 속을 뻔했네."

"아니, 정말이야. 불티가 나래를 죽였어. 아니지. 불티가 날 죽이려 했는데, 나래가 날 지키다가 죽은 거지."

허서의 얼굴이 일그러졌다.

"거짓말 마! 불티가 왜 나래를 죽여? 그 두 녀석은 친했다고!"

"……그래? 죽일 때 보니까 그렇지도 않던데."

"아니, 아니, 아니. 아무리 생각해도 불티가 나래를 죽일 리가 없어."

혼란에 빠져서 고개를 젓는 허서를, 주안은 묵묵히 응시했다. 유독 하얀 얼굴 위의 새하얀 머리카락이 슬프게 흔들렸다.

이윽고 허서의 손이 올라가 그의 눈을 덮었다. 그는 잠시 그 자세로 멈춰 있었다.

주안은 그가 울고 있다는 걸 알 수 있었다. 비록 흐르는 눈물은 없을지라도, 그의 슬픔이 고스란히 전해졌다.

이윽고 그의 입술 사이로 갈라지고 쉰 음성이 흘러나왔다.

"나래가 죽었다고?"

"응."

"불티가 죽였다고?"

"응."

"……하아. 불티, 이 미친놈이 대체 뭘 하고 다니는 거지?"

"미친 짓이야? 불티가 나래를 죽인 게?"

"당연하지!"

허서가 버럭 외치며 다가와서 주안의 멱살을 잡아 올렸다.

"우리는 절대로 동족을 죽이지 않아!"

"인간을 좋아하는 범은 죽이는 거 아니었어?"

"누가 그래?"

"불티."

"하!"

허서가 기막힌 듯 숨을 토해내며 주안을 거칠게 내려놨다.

분노해서인지 허서의 머리 위로 하얀색 호랑이 귀가 나타났다.

그의 눈매가 가늘고 흉포해지며 그의 송곳니가 입술 밖으로 삐져나왔다.

"불티, 이 미친놈을 잡으러 가야겠군! 너, 불티가 어디 있는 줄 알아?"

"나도 알고 싶어."

크르르르-

맹수가 으르렁거리는 듯한 소리가 골목을 채웠다.

허서는 콧등을 찡그리고 주안을 노려보다가 검지로 주안의 뒤쪽을 가리켰다. 거기에는 아까 허서와 하라가 잡아먹으려 했던 남자가 기절해 있었다.

허서와 주안이 싸우는 도중에 도망치려다가 허서의 발길질에 당해서 쓰러진 것이다.

"그놈은 아까 어떤 여자를 덮치려다가 우리한테 들킨 놈이야."

"어?"

"우리 범들은 싫다는 여인을 억지로 덮치지 않지. 너희 인간은 어떠냐?"

말문이 막힌 주안을 보며 히죽 웃은 허서는 검은 안개와 함께 주안의 눈앞에서 사라졌다.

이제 이 골목에 남은 건 주안과 기절한 남자뿐이었다.

주안은 깨어날 것 같지 않은 남자를 흘끔 돌아본 후, 바닥에 떨어진 창을 집어 든 후 천천히 골목을 빠져나갔다.

골목을 완전히 벗어난 후, 주안은 자신의 창을 내려다봤다. 창 손잡이가 완전히 너덜너덜해졌다.

"하아. 무기를 또 구해야 하나?"

주안과 헤어졌던 골목으로 돌아가던 도건은 반쯤 부러진 창을 들고 걸어오는 주안과 마주쳤다.

주안은 도건보다는 상태가 나았지만 얼굴이나 팔에 상처가 많았다.

"살아 있네."

도건의 말에 주안이 빙그레 웃었다.

"너도."

주안이 허서의 목을 가져오지 않은 걸 보면 아무래도 저쪽 싸움에서 이긴 건 허서인 것 같다.

하라의 말대로였다.

"네 동료라면 걱정하지 마. 허서는 아무 인간이나 죽이지 않으니까."

"아무 인간이라니……? 그럼 어떤 인간을 죽이는데?"

"글쎄. 어떤 인간을 죽일까?"

하라는 도건을 죽이지 않았다.

도건은 죽음을 각오하고 눈을 감았지만, 하라는 도건의 옆에 쭈그리고 앉아서 말했다.

"나는 비겁한 배신자는 싫어하지만 당당하게 죽음을 받아들이는 녀석은 싫어하지 않지. 집에나 가라, 꼬맹아. 늦은 밤에 돌아다니다가 호랑이랑 마주치지 말고."

살려주겠다는데 굳이 죽여달라고 할 필요는 없었다. 그래서 도건은 황급히 일어나서 주안에게 달려가려고 했다.

그런 도건의 등에 대고 하라가 그리 말한 것이다.

허서는 아무 인간이나 죽이지 않는다고.

도건은 흘끔 주안의 표정을 살폈다. 주안은 복잡한 표정으로 입을 굳게 다물고 있었다.

도건 역시 마음이 복잡했기에 평소처럼 주안에게 농담을 건
넬 수가 없었다.

집으로 돌아가는 동안, 그들은 각자의 생각에 빠져 내내 침
묵을 지켰다.

마로는 7층 건물의 옥상에서 불티를 발견했다.

불티는 옥상 난간 위에 서서 멀리에 보이는 이살 타워를 응
시하고 있었다.

마로도 훌쩍 불티의 옆에 올라가서 섰다.

"뭐 하냐?"

"저거 말이야."

불티의 검지가 이살 타워의 중심에 있는 거대한 나무를 가
리켰다.

이살 타워는 그 나무를 감싸듯이 세워져 있어서 멀리서 보
면 나무를 위한 거대한 온실처럼 보였다.

"옛날에 우리 신시에 있었던 신단수랑 비슷하지 않아?"

"흥, 그럴 리가. 저건 하잘것없는 인간 놈이 취미 삼아서 만

든 기분 나쁜 나무일 뿐이야."

"그리고 우리는 그 하잘것없는 인간 놈에게 빌붙어서 살고 있지."

불티의 자조적인 말을 들은 마로가 콧등에 주름을 잡았다.

불티는 백화점 지하의 싸움에서 범 사냥꾼들에게 큰 상처를 입은 후, 생각이 많아졌다.

"빌붙은 게 아니라 공생하는 거다, 불티. 공생."

"공생이라면 그놈이나 우리나 서로 얻는 게 있어야 하잖아. 우리야 몸을 숨기고 마음껏 인간을 갖고 놀 장소를 얻을 수 있어서 좋지만, 그놈은 이런 짓으로 얻는 게 뭐지?"

그에 대해서는 마로도 할 말이 없었다.

환웅.

신시를 지배한 인간.

그는 부유하고 많은 인간의 존경을 받는, 부족한 게 없는 사내였다. 게다가 이상할 정도로 강하기도 했다.

그런 그가 왜 인간들을 잡아다가 한곳에 모아 피 흘려 죽게 해달라는 요구를 한 걸까?

"처음에는 우리처럼 인간을 싫어할 이유가 있나 싶었거든. 그런데 인간들을 위해서 이것저것 만들어내는 걸 보면, 또 그렇지도 않단 말이지."

　처음에 인왕산에서 내려왔을 때만 해도, 인간들을 향한 분노가 눈 앞을 가려서 그저 인간들을 학살해 죽여야 한다는 열망뿐이었다.

　하지만 실컷 인간을 죽이고 나자 심장을 태울 것처럼 들끓던 분노도 어느 정도 가라앉았다.

　분노가 있던 자리에, 의문이 들어섰다.

　'환웅은 왜?'

제 35 화
그것

하지만 증오와 복수라는 것이 그렇다.

한번 시작되고 나면 돌이킬 수가 없게 된다.

불티와 마로는 이미 수많은 인간을 학살했고, 인제 와서 분노가 사그라들었다 해도 제멋대로 끝낼 수는 없었다.

이 신시에 존재하는 인간을 모두 죽인다.

증오할 곰족의 후예인 인간에게 우리가 당한 일을 똑같이 갚아준다.

그 목적이 족쇄처럼 불티와 마로의 발목을 붙들었다.

"그래서 그만 싸우고 싶으냐?"

마로의 질문에 불티가 고개를 저었다.

"그럴 리가. 환웅은 환웅이고, 인간은 인간이지. 그저 궁금

해서. 저놈이 대체 뭘 하고 싶은 건지.”

“허서가 우리를 찾아다닌다더라. 정확히 하자면, 너를.”

“왜?”

“나래를 죽인 것 때문에.”

불티가 휙 고개를 돌렸다.

마로는 제 동생의 눈동자가 일렁, 흔들리는 것을 보았다.

분노가 사라진 자리를 채운 건 의문뿐이 아니었다. 죄책감
도 있었다.

불티는 친하게 지냈던 나래를 죽인 것을 후회하고 있었다.

“흥. 인간을 돕는 것 따위 살려둬서 뭘 한다고.”

불티는 퉁명스레 말했지만, 술렁거리는 그의 눈동자는 다른
마음을 드러냈다.

“어차피 나래가 지키려던 꼬맹이는 우리 손에 죽을 거야. 그
꼴을 보느니 나래도 일찌감치 죽어버리는 편이 나았어.”

마로는 불티가 하는 말이 진심처럼 들리지 않았다.

하지만 그 부분을 지적하지 않은 건 마로 또한 후회가 생겼
기 때문이다.

자후. 그 외 마로와 불티가 죽인 몇 명의 인간 친화적인 범
들.

눈앞을 새까맣게 덮고 있던 증오가 어느 정도 가신 지금에
와서야 그들이 오래전 전쟁에서 함께 싸웠고, 함께 살아남은
동료들이었단 사실을 상기할 수 있었다.

"그래, 우리가 모든 인간을 죽여버리기 전에 일찌감치 죽어
버리는 편이 나았겠지."

마로가 불티의 말에 동의했지만, 그의 음성에도 진심은 담
겨 있지 않았다.

둘의 노란 눈동자가 신단수에 고정되었다.

"제하, 그놈은 찾았고?"

불티의 질문에 마로가 고개를 저었다.

"아직. 원래 살던 집은 계속 비어 있더라. 아무래도 동료가
생겨서 본부를 옮긴 것 같던데."

"서둘러야 해. 얼른 부숴버리지 않으면 그 검은 예전처럼 우
리 동족을 학살할 거야."

"너무 걱정하지 마."

마로가 초조해하는 불티의 어깨를 두드렸다.

"그때 우리가 당한 건 그 검을 든 게 타배, 그 잡종 새끼였기
때문이다."

"하긴. 제하 그놈이 인간 중에서는 좀 강하다 해도 타배 정

도는 아니겠지.”

“그래. 게다가 지금은 우리 애들이 마음껏 날뛰고 있으니 그
놈도 싸우느라 힘 좀 빠질 거다. 그놈 동료들부터 하나하나 제
거한 후에 마지막으로 그놈을 죽여버리면 돼.”

“안녕하세요. 놀이체험 TV의 영민.”

“용희입니다.”

인터넷 방송 스트리머인 영민과 용희가 카메라를 향해 손을
흔들며 경쾌하게 인사했다.

“지난 편에 예고한 대로, 저희는 지금 1구에 있는 B 중학교
에 찾아왔습니다.”

“B 중학교가 폐교한 건, 올해 4월에 범 열 마리가 동시에 학
교를 습격한 사건 때문이라는 거, 다들 아시죠? 그 때문에 죽
은 학생과 교사만 서른한 명! 부상자는 뭐, 어마어마했죠.”

“그! 런! 데! 말입니다. 그 후로 B 중학교를 두고 으스스한
소문이 돌기 시작했습니다. 바로, 그 사건에서 죽은 학생과 교
사들의 영혼이 밤마다 교실에 나타나서 수업을 한다는 건데

요.”

“그들은 너무 갑작스럽게 죽은지라, 자기가 죽은 줄도 모르고 나타난다는 이야기가 돌고 있어요. 늦은 밤에 아무도 없는 교실에서 선생님이 아이들을 가르치는 소리와 아이들의 웃음소리가 들린다고 하는데…….”

“오늘! 우리 놀이체험 TV에서 그 소문의 진상을 파헤치려고 합니다. 지금은 밤 9시 30분. 해도 지고 주변에 가로등도 다 불이 나가서 귀신이 나타나기 딱 좋은 시간인데요. 이제 한번 안으로 들어가 볼까요?”

비디오카메라를 들고 있던 윤재가 거기서 카메라를 껐다.

“어때? 잘 나올 것 같아?”

영민의 질문에 윤재가 말했다.

“뭐, 분위기는 그럴싸한데, 목소리 템포를 좀 죽이는 게 낫지 않겠냐? 우리 지금 공포 체험 중이잖아.”

“처음 시작이 늘어지면 다들 지루해한다고. 이제 들어가서부터 분위기 잡으면 돼.”

“그런데…… 진짜로 들어가게?”

용희가 불안한 눈으로 영민을 올려다봤다.

“당연하지. 그러려고 온 건데.”

"하지만……."

용희의 시선이 폐교를 향했다.

어둠에 둘러싸인 중학교 건물은 음산하기 짝이 없었다.

평범한 학교도 밤에 오면 무서운데, 폐교된 지 몇 달이 지난 학교인 데다가 주위의 가로등에는 더 이상 불이 들어오지 않아서 들고 있는 손전등 빛이 전부였다.

"정말 괜찮을까?"

"왜 그렇게 떨어? 너, 옛날에는 폐가 체험도 잘 다니고 했잖아."

"그거야 귀신은 안 믿으니까. 하지만 범은 진짜로 있잖아. 범이 나타나면 어떡해?"

"범은 사람 있는 데만 나타나. 1구는 폐허가 된 지 오래인데 범이 올 이유가 없지."

"그래도……. 사람이 없으니까 이런 곳에서 지내고 있을 수도 있잖아. 범도 잠은 잘 테니까."

"용희 말이 맞아."

윤재가 끼어들었다.

"만약의 사태를 대비해서 범 사냥꾼이라도 몇 명 고용했어야 했어."

"야, 야. 요새 범 사냥꾼 몸값이 얼마나 올랐는지 알아? 그냥 무슨 일 생겼을 때 포수로 부르는 게 훨씬 나아."

"어차피 포수로 불러도 요새는 돈 받는다더라."

"개인적으로 고용하는 것보다는 훨씬 싸게 먹혀. 요새 우리 인방 구독자 수 떨어져서 천만 원 넘게 주고 고용할 돈 없다고. 아, 씨. 이럴 거면 대체 왜 오케이한 거야? 처음부터 싫다고 하든가."

영민의 목소리에 짜증이 섞이자 용희와 윤재가 그의 눈치를 봤다.

"아, 알겠어. 하면 되잖아, 하면."

윤재의 말에 영민의 표정이 누그러졌다.

"그래, 하자고. 제대로 한방 터뜨리자고. 용희, 넌 어쩔 거야? 안 할 거면 그냥 지금 돌아가. 아, 차는 놔두고 가고."

용희는 아랫입술을 깨물고 폐교와 영민, 윤재, 그리고 저 멀리 주차해놓은 차를 돌아봤다.

여기서 차를 놔두고 돌아가려면 차가 다니는 곳까지 혼자서 한참을 걸어야만 한다.

게다가 용희는 돈이 급한 상황이었다.

"할게. 하려고 온 거니까."

"그래, 잘 생각했어. 들어가서 분위기 좀 잡아보자고."

굳게 닫힌 철문은 강철 사슬과 자물쇠로 단단히 잠겨 있어서 담을 타고 넘어야 했다.

안으로 들어오자 을씨년스러운 공기가 더 짙어졌다.

이제 고작 9월인데도 바람이 차갑게 느껴졌다.

그들은 운동장에서도 멘트를 하나 더 딴 후, 건물로 향했다.

건물의 문도 잠겨 있었지만 깨진 창문이 여러 군데 있어서 쉽게 진입할 수 있었다.

"여기는 교무실인 듯합니다."

영민이 교무실을 둘러보며 말했다.

"그 사건 후로 갑자기 폐교한 터라 그때의 물건이 고스란히 남아 있어요. 아, 이건 시험 문제지네요. 시험을 푼 흔적이 있는데요, 아마 중간고사 직후에 그런 일이 벌어졌나 봅니다."

"여기는 커피 마시던 흔적이 남아 있어요. 이 컵 안에는 커피가 말라붙어 있는데…… 으으, 이거 보세요. 이 빵은 쥐가 파먹은 것 같죠?"

용희가 반쯤 남은 빵이 담긴 봉지를 손가락 끝으로 들어 올려 카메라 가까이 내밀었다.

그들은 한참 교무실 분위기를 설명해준 후, 복도로 나갔다.

1층에 있는 양호실, 화장실을 차례로 돌아보며 공포 분위기를 한껏 조성한 그들이 계단을 통해 2층으로 올라갔을 때.

"으앗! 저게 뭐야!"

카메라를 들고 있던 윤재가 비명을 질렀다.

카메라를 향해 서 있던 영민과 용희가 뒤를 돌아봤지만, 그곳에는 어둠이 존재할 뿐이었다.

"뭐, 뭐야아? 왜 그래, 너? 무섭게…… 그런 장난치지 마."

용희가 겁에 질린 목소리로 말했다.

"아니, 장난이 아니고…… 진짜로 뭔가가……."

윤재의 눈동자는 아무것도 보이지 않는 복도를 향해 있었다.

영민이 복도 쪽을 향해 손전등을 비췄다.

"왜? 범이라도 봤냐?"

"범……은 아닌 것 같은데. 좀 작았거든. 강아지 크기 정도?"

"그럼 강아지나 고양이라도 들어와서 살고 있나 보지."

"아냐, 그런 분위기가 아니었어. 뭔가 좀……. 아, 여기 찍혔겠다."

윤재가 카메라에 저장된 영상을 뒤로 돌렸다.

영민과 용희가 가까이 다가와 영상을 확인했다.

계단을 올라가는 영민과 용희의 뒷모습이 찍혀 있었고, 그들이 2층을 막 밟는 순간.

"으아아!"

"우와! 뭐야, 이거?"

그들의 뒤로 뭔가 지나갔다는 걸 영민과 용희도 확인했다.

윤재의 말대로 강아지 정도의 크기인데, 강아지나 고양이처럼 보이지는 않았다.

"영상 다시 돌려서 멈춰봐 봐."

영민의 말에 윤재가 영상을 돌렸다가 그것이 나타나자마자 중지 버튼을 눌렀다.

"헐…… 뭐야? 대박. 이거…… 토끼, 아니지?"

"이렇게 생긴 토끼가 어디 있어? 거기다…… 이것 봐봐, 눈이 하나야. 박쥐 같은 날개도 있고. 으, 징그러워."

"뭐가 징그러워. 눈 하나인 것만 빼면 귀엽게 생겼구만. 개쩌네, 이거. 야, 이거 찍자."

"영민이 너, 미쳤어? 이게 뭔 줄 알고?"

"왜? 쬐끄맣고 귀엽잖아. 우리가 새로운 생물을 발견한 거라고."

영민은 이 발견이 자신들의 방송에 얼마나 도움이 될지 한참을 떠들어댔다.

영민의 말을 들으며 영상을 보다 보니 용희와 윤재의 눈에도 그 생물이 귀엽게 보이기 시작했다.

영민의 말대로 이 생물을 제대로 찍으면 조회 수가 어마어마하게 높아질 것이다.

용희와 윤재는 눈을 맞추고 마른침을 꿀꺽 삼키며 고개를 끄덕였다.

"그, 그래. 가보자."

"저쪽으로 간 거 맞지?"

세 사람은 손전등 빛에 의지해 음산한 복도를 살금살금 걸어갔다.

"아! 저기 있다!"

손전등 빛에 자그마한 그림자가 잡혔다.

토끼 귀를 가진 '그것'은 깡충깡충 뛰어서 1학년 5반 교실로 뛰어 들어갔다.

세 사람도 달려서 교실 안으로 들어갔다.

그들은 교실 안으로 '그것'을 몰아넣었으니 이제부터 카메라에 '세기의 발견'이라고 할 만한 새로운 생물을 담는 일만 남

앉다고 생각했다.

하지만 어두운 교실 안에서 그들을 맞이한 것은…….

"허억!"

"꺄아아아아아악!"

조용한 폐교에 비명이 울려 퍼졌다.

제 36 화
저게 뭐야?

'저게 뭐야? 저게 뭐야? 저게 뭐야?'

영민은 헛숨을 삼키고 용희는 비명을 질렀지만, 윤재는 그 무엇도 하지 못한 채 얼어붙었다.

1학년 5반 교실, 교탁 앞에 무언가 서 있었다.

그것은 긴 뿔을 가졌고, 고릴라 같은 얼굴에 아래턱에서부터 코가 있는 곳까지 자란 두 개의 날카로운 이빨이 있었다.

그것만이라도 놀라울 텐데, 하체가 마치 지네의 몸뚱이 같았다.

마디가 있는 긴 몸통, 여러 개의 다리.

"으…… 으아아아아아!"

영민이 제일 먼저 정신 차렸다.

그가 허우적거리며 도망치려 하자, 용희와 윤재도 정신 차리고 뒤로 돌아섰다.

하지만 도망칠 수 없었다.

조금 전 따라온 것과 같은 자그마한 생물이 그들의 앞을 가로막고 있었던 것이다.

"저리 비켜!"

영민이 그것을 걷어차려 할 때, 갑자기 그것이 입을 크게 벌렸다.

다음 순간, 작은 생물의 입이라고 생각할 수 없을 정도로 크게 벌어진 입이 단숨에 영민의 하체를 물어뜯어 삼켰다.

너무 큰 충격을 받으면 생각이 갈 곳을 잃는다.

윤재와 용희는 크게 뜬 눈으로 하반신이 사라진 친구를 내려다봤다.

하반신이 사라졌는데도 영민은 살기 위해 팔을 버둥거렸다.

"사, 살려줘……."

"아……."

용희는 물어보려 했다.

왜 그러고 있어? 네 다리는 어디 간 거야?

하지만 그걸 묻기 전, 뒤에서 다가온 고릴라와 지네가 섞인

'그것'의 뿔이 용희의 등을 꿰뚫었다.

극심한 통증에 용희는 눈물을 흘리며 윤재를 돌아봤다.

윤재는 다리에 힘이 풀린 듯 털썩 주저앉아서 벌벌 떨고 있었다.

그러는 동안, 토끼 귀를 가진 '그것'은 야무지게 영민을 먹어치웠다.

'그것'의 크기가 점점 커지기 시작했고, 하나밖에 없는 '그것'의 눈이 윤재에게로 향했다.

용희는 고통 속에서 윤재가 '그것'에게 통째로 삼켜지는 걸 지켜볼 수밖에 없었다.

고등학교 때부터 함께해온 두 친구가 죽었지만 슬픔을 느낄 겨를은 없었다.

용희 또한 또 다른 '그것'에게 자근자근 씹히는 중이었으니까.

인간의 비명과 무언가를 씹는 듯 우두둑거리는 소리가 멈추고도 한참 후.

허름한 망토를 걸친 사람이 비틀거리며 1학년 5반 교실에 들어갔다.

그곳에 인간이 찾아왔던 흔적은 바닥에 떨어진 카메라 하나뿐.

망토를 입은 사람은 주위에 아무도 없다는 걸 확인한 후, 카메라를 향해 손을 뻗었다.

마디가 기괴하게 꺾인 손가락에 카메라 스트립을 걸어서 들어 올린 그는 카메라가 작동하는지 확인한 후, 그것을 품에 넣고 어둠 속으로 사라졌다.

제하는 최근 하루가 걱정스러웠다.

하루는 언제나처럼 제하의 서포트 역할을 충실히 이행했지만, 어딘지 모르게 정신이 딴 데 팔린 것 같았다.

평소에는 쉬는 시간에 TV를 보며 제하에게 이것저것 물어보는데, 요새는 TV를 봐도 딴생각에 잠겨 있는 것처럼 보였다.

"하루야, 너……."

제하가 무슨 문제가 있는 거 아니냐고 물어보려 할 때, 포수 알림이 울렸다.

하루의 상태가 좀 이상하기는 해도 사냥 일마저 손을 놔버린 것은 아니라서 알림이 울리자마자 하루는 나갈 준비를 했다.

"어디냐?"

"사거리 너머 골목 끝이야."

"어서 가자."

그들은 본부 지하로 이어진 통로를 통해 밖으로 나와서 알림이 울린 곳으로 달려갔다.

사거리를 훌쩍 날 듯이 건너서 골목으로 접어들었다.

깜빡거리는 가로등 불빛.

인기척은 없었다.

범의 냄새도 나지 않았다.

제하는 척살검을 꽉 쥐고 있던 손에서 힘을 뺐다.

"누가 또 장난으로 포수를……."

거기까지 말했을 때였다.

"뒤!"

하루가 외치며 오랏줄을 던졌다.

타앗-!

상대는 오랏줄 끝을 쳐내고 몸을 비틀며 총을 쏘았다.

쌔액-!

소음기가 부착된 총성과 함께, 총알이 제하의 미간을 노리고 날아왔다.

예전이었다면 맞았겠지만 최근 동체 시력이 비약적으로 상승한 제하는 쉽게 총알을 피했다.

상대는 연달아 총을 쏘았지만 제하는 모두 피하며 상대를 향해 달려갔다.

실패했다는 걸 깨달은 상대가 몸을 돌려 달아나기 시작했지만 제하의 속도를 이길 수 없었다.

제하는 놈의 목덜미를 잡아, 팽개치듯 벽에 밀어붙였다.

터억-!

등이 벽에 세게 부딪치자 상대가 쿨럭, 기침을 토해냈다.

불빛 아래에 드러난 상대의 얼굴을 확인한 제하가 인상을 찌푸렸다.

"이 자식!"

잊을 수 없는 얼굴.

성진이었다.

성진이 제하를 보며 킬킬 웃었다.

"하여간 기묘한 놈이라니까? 어떻게 그렇게 범처럼 빠른 거지? 너, 사실은 범 아니냐?"

"왜 또 시비야? 설마 네놈이 포수를 사용한 거야?"

"그럴 거면 어쩔 건데? 인간을 돕는 자랑스러운 착호이신데 날 죽이려고? 난 죄 없는 소시민인데?"

"죄 없는 소시민은 무슨……. 너는 날 죽이려고 했어!"

"하지만 넌 안 죽었지."

제하는 성진의 멱살을 잡아 올렸다.

"큭……!"

성진은 발버둥을 치면서도 겁에 질리지는 않았다. 제하가 자신을 죽일 수 없을 거란 확신이 있었기 때문이다.

그리고 실제로 그랬다. 제하는 성진을 죽일 수가 없었다.

안 그래도 범과 혼혈이라는 사실이 제하의 발목을 잡고 있었다.

아버지를 부끄럽게 여기는 건 아니지만, 범과 혼혈인 자신이 인간을 죽였다가는 돌이킬 수 없는 일이 벌어질 것만 같았다.

인간이 인간을 죽이는 것보다 혼혈이 인간을 죽이는 게 훨씬 큰 문제가 되지 않을까?

지금이야 제하가 혼혈이라는 걸 아는 사람이 얼마 없다 해도 언젠가 사람들은 제하의 외모와 몸놀림을 보며 의심하게 될지도 모른다.

그렇게 되면 범의 힘을 갖게 된 주안이나, 범과 섞인 호수도 한 데 뭉뚱그려 평가될 것이다.

그들을 생각해서라도 제하는 제멋대로 행동할 수가 없었다.

"나는 그저 신시가 예전처럼 평화로워지기를 바라. 그것 때문에 싸우는 거라고. 그런데 너는, 너희는 대체 왜 나를 가만 안 두는 거야?"

"네놈에게나 평화로웠겠지."

멱살이 잡힌 채로 성진은 제하를 뚫어지게 응시하며 말했다.

"너에게나 평화로운 신시였겠지. 우리 같은 놈들에게 신시는 그렇게 평화롭지도, 살기 좋지도 않았거든."

"그거야 너희가 범죄를 저질렀으니까!"

"너처럼 귀하게 큰 놈들은 그럴 수밖에 없는 상황이 있을 거란 생각을 못 하지?"

귀하게 커?

제하는 기가 막혔다.

자신이 무슨 말을 해도 성진에게 통하지 않으리라는 걸 깨달았다.

"이번이 마지막이야!

제하는 성진을 놔줬다.

"한 번만 더 이런 짓을 하면, 그땐 가만 안 둬."

"하이고, 무서워라."

빈정거리는 성진을 뒤로하고, 제하는 하루와 함께 골목을 벗어났다.

쓸쓸한 가을바람이 불어와 제하의 머리칼을 헝클였다.

바람에 섞인 제하의 한숨이 차갑게 흩어졌다.

제하와 하루가 본부로 사용하는 저택에 들어갔을 때, 착호 일행 전부가 돌아와 있었다.

제하의 어두운 표정을 보며 호수가 물었다.

"사람이 죽었어?"

포수가 생겼어도, 희생자는 생겼다.

인간이 도망칠 틈도 없이 범이 공격해서 물어뜯으면 아무리 근처에 범 사냥꾼이 있었더라도 구할 방법이 없다.

이미 죽은 사람의 시신을 옆에 두고 범과 싸우는 수밖에.

제하는 고개를 저으며 휴대전화를 꺼냈다.

"포수가 어쩌면 함정을 파는 데 쓰일 수도 있겠어."

제하는 아까 성진과 있었던 일을 이야기했다.

"그런 새끼, 확 죽여버렸어야지!"

세인이 분개했다.

"그러게. 정말 그러고 싶더라. 다들 힘을 합쳐도 모자랄 판에 왜 이러는 거지? 내가 대체 그놈들한테 뭘 어쨌다고?"

"우리가 요새 호랑나비보다 인기가 좋잖아."

도건의 말에 제하가 헛웃음을 흘렸다.

"단지 그런 이유로 날 못 죽여서 안달이라고? 우리가 좀 더 많이 잡기는 해도 호랑나비 역시 아직 건재하잖아. 백화점에서의 그 일도 자기들이 도망쳐서 그런 평가를 받게 된 거고."

"원래 못난 놈들이 남 탓하는 법이지."

활을 손질하던 환이 말했다.

"그나저나 그런 문제가 있다면 포수 알림에 일일이 가보는 것도 좀 걱정이네. 안 그래도 요새 장난으로 포수를 누르는 사람이 많아서 문제가 되고 있잖아."

"그러게. 진짜일 수도 있으니 완전히 무시할 수도 없고."

제하가 한숨 섞인 목소리로 말하자 세인이 인상을 찌푸렸다.

"하여간 범이나 인간이나 사람 진짜 골치 아프게 만드네. 이 딴 신시 따위 확 망해버리라지."

"그래놓고 알림 울리면 제일 먼저 뛰어나가면서."

호수의 지적에 세인이 얼굴을 붉혔다.

"내가 언제? 난 그냥 볼일이 있어서 나간 거거든?"

"그 볼일이 범이랑 싸우는 거잖아."

"당연히 싸워야지. 범 새끼들, 싹 다 죽여버릴 거야."

"응, 동감이야."

환이 세인의 말에 고개를 끄덕이자 주안이 조심스레 손을 들었다.

"그거 말인데. 우리 조금 다르게 생각해볼 수 있지 않을까?"

모두가 주안을 돌아봤다.

두 달 전, 8월에 허서와 마주친 후 주안은 범에 대해 아주 많은 생각을 했다.

동료들에게도 이 고민을 털어놓고 싶었지만, 쉽게 말을 꺼내기 어려워서 망설이던 차였다.

하지만 계속 미룰 수 없는 문제이기에 주안은 모두가 모인 이때 얘기를 꺼내기로 결심했다.

"방금 제하 사건도 그렇고, 우리가 백화점에서 싸울 때도 그렇고…… 우리의 적은 범이기도 하지만 인간이기도 했잖아. 그것처럼 범도 우리의 적이지만, 아군이 될 수도 있지 않을까?"

호수의 표정이 험상궂게 일그러졌다.

"그게 무슨 뜻이야?"

"그러니까…… 범 중에도 인간에게 호의를 품은 범이 있고, 그런 범이라면 설득을 해서……."

"그게 무슨 뜻이냐고!"

호수가 두 주먹으로 식탁을 내리쳤다.

동료들의 반응이 안 좋을 줄은 알았지만, 말만 꺼냈을 뿐인데 이렇게 격한 태도를 보일 줄은 몰랐다.

하지만 이미 내뱉은 말을 거둬들일 수는 없었다.

주안은 계속해서 말했다.

"흥분하지 말고 들어봐, 호수야. 사실 두 달 전에 허서라는 범과 싸우게 됐어. 상급 범 중에서도 상당히 강한 축에 속하는 범이었고, 나는 졌어. 하지만 허서는 날 살려줬지."

"그래서?"

"허서는 TV 보는 걸 좋아하나 봐. TV에서 본 배우들의 행동을 따라 하는 것 같더라고. 게다가 내 여자친구 나래의 죽음에 굉장히 슬퍼하기도 했어. 불티가 나래를 죽였다는 걸 전혀 모르더라고. 뭔가 범들 사이에서도 각자 무슨 짓을 하고 다니는지는 잘 모르는 것 같아."

"그래서?"

호수의 목소리가 점점 낮아지는 걸, 주안은 깨닫지 못했다.

"범도 인간이랑 똑같아. 좋은 범이 있고, 나쁜 범이 있는 거야. 친구의 죽음에 슬퍼하기도 하고, 재미있는 걸 보면 즐거워하기도 하고. 그렇게……."

"개소리 집어치워!"

제 37 화

분열

콰앙-!

호수의 주먹에 맞은 식탁이 반으로 쪼개졌다.

주안은 눈을 크게 뜨고 호수를 쳐다봤다.

증오에 찬 노란색 눈동자에 등골이 서늘해졌다.

"호수야……."

"너는 네 애인이 범이었으니 범에 대해서 좋은 감정이 있겠지. 하지만 나는? 너는 내가 범에게 잡혀서 무슨 짓을 당했는지 알기나 해?"

"물론 네가 끔찍한 짓을 당한 건 알아. 하지만 그런 범은 일부고……."

"내게는 전부야!"

터져 나오는 분노에 주안은 마른침을 삼켰다.

호수 주위로 검은 안개가 스멀스멀 흘러나왔다. 호수는 살기를 감출 생각도 없는 듯했다.

"나한테는 그때의 그 범이 전부라고! 범이랑 알콩달콩 연애질을 한 너랑 우리랑 같을 거라고 생각하지 마!"

"호수야, 나는 네가 받은 고통을 무시하려는 게 아니야. 그저 이 싸움이 이런 식으로 진행되는 게 옳은지 의문이라서……."

"아니, 너는 그냥 네 생각에 취해 있어. 네 연인에게 받은 힘 덕에 강해지기도 했고. 허서라는 범이 네 연인의 죽음에 슬퍼했다고? 그래서 널 살려줬다고? 아, 그래. 그래서 아주 마음이 편하고 좋았겠네. 네 연인의 힘이 남아 있는 한, 너는 범들에게 호감을 살 수 있을 테니까."

주안은 이런 식으로도 생각할 수 있다는 걸 전혀 예상치 못했다.

"얘는 범이 가족을 전부 죽였어! 얘 동생은 아직 어린애였는데 그 애까지 고문하다가 죽였어! 내가 봤거든, 그걸. 너는 못 봤겠지만, 나는 거기서 얘 동생이 죽는 걸 봤거든!"

호수가 환을 가리키며 말했다.

환도 이미 호수에게 들어서 알고 있는 얘기였는지 슬그머니 주안의 시선을 피했을 뿐, 놀란 기색은 없었다.

"얘는 범에게 삼켜졌다가 죽을 뻔했지. 얘가 처음에 범을 얼마나 무서워했는지 기억 안 나냐?"

호수가 세인을 가리키며 말했고, 세인은 평소처럼 "무서워한 적 없거든."이라는 반박도 하지 않았다.

그저 굳은 표정으로 눈을 내리깔았을 뿐.

"얘는 범이 동생들을 전부 죽였어. 피는 통하지 않아도 친동생 같았던 녀석들을 다 죽여버린 거야."

호수의 검지가 자신을 가리키자 도건은 어색하게 미소 지었다.

이제 호수의 눈은 제하와 하루에게로 향했다.

"그런데 너희는, 그리고 또 너는? 범이랑 아무 문제가 없었겠지. 그러니까 그렇게 범이 좋은 녀석, 인간은 나쁜 녀석, 속 편하게 나눌 수 있는 거겠지."

"주안이 형 말은 그런 뜻이 아니잖아."

듣다 못한 제하가 끼어들자 호수가 싸늘하게 웃었다.

"이것 봐. 자기 아버지가 범인 사람은 범의 편을 들고 싶어 한다니까?"

그제야 주안은 호수가 그 고통으로부터 전혀 벗어나지 못했음을 깨달았다.

겉으로만 웃으며 괜찮아진 척할 뿐, 호수의 깊은 곳에 자리 잡은 그때의 공포와 고통은 여전했다.

그런 호수에게 '범도 괜찮은 녀석이 있어'라는 뉘앙스의 말을 꺼낸 건 실수였다. 차근차근 설명했어야 했는데.

그저 이 싸움을 멈추기 위해서는 말이 통하는 범을 설득해서 공존의 길을 찾는 게 좋지 않겠느냐고 조심스럽게 말했어야 했는데.

"너희랑은 진짜 같이 못 해먹겠다."

호수가 나가려 하기에 주안이 달려가 그의 손목을 잡았다.

"호수야, 미안해. 내가 네 마음을 헤아리지 못하고……."

"이거 놔!"

호수가 주안의 손을 뿌리쳤다.

"너랑 나는 정말 안 맞아. 나는 범을 싹 다 죽이고 싶거든. 내가 당했던 그 고통을 고스란히 되돌려주고 싶거든. 만약 네 연인이 눈앞에 있었다면, 그 여자도 내 손에 죽었을 거야."

"……."

"그러면 넌 어떨까? 연인의 편을 들까, 내 편을 들까?"

주안은 대답할 수 없었다.

솔직히 말하자면 자신이 누구의 편을 들지 짐작조차 할 수 없었다.

"그것 봐. 너랑 나는 정말 안 맞는다니까."

호수가 손으로 주안의 가슴을 퍽 밀어낸 후, 그대로 본부를 나갔다.

세인과 환도 미안한 듯 주안을 돌아보더니 한숨을 내쉬며 호수의 뒤를 따라 나갔다.

"호수는 그저 너무 받아들이기가 힘든 거야. 쟤는 정말 오랫동안 고문을 받았잖아."

도건이 주안의 어깨를 툭툭 쳤다.

"네가 무슨 말을 하고 싶은지는 알아. 내가 한번 따라가볼게. 너무 걱정하지들 말고."

도건이 나간 후, 늘 북적거리던 본부 안에 숨 막힐 듯한 침묵이 내려앉았다.

한참 후, 주안이 붉게 충혈된 눈으로 제하를 올려다봤다.

"미안."

"뭐가?"

"나 때문에 너까지 호수에게 못 들을 소리를 들어서……."

"에이, 아니야. 도건이 형 말대로 호수는 아직 받아들이기 힘든 걸 거야. 언젠가 호수도 형 마음을 알아줄 날이 오겠지."

제하가 애써 쾌활하게 말했지만 주안의 죄책감은 사라지지 않았다.

섣불리 이야기를 꺼내는 바람에 팀이 와해되고 말았다. 조금씩 쌓여가는 친밀한 무언가를 성급하게 끊어버리고 말았다.

주안이 의자에 털썩 앉아 한숨을 쉬는 모습을 하루는 조용히 지켜보고 있었다.

'이런 상황……'

이렇게 서로 오해하고 분열되는 상황.

'분명 어디선가 본 것 같은데……'

호수는 어둠 속을 저벅저벅 걸어갔다. 어디로 가야 할지도 모르는 채 걸었다.

집에 돌아갈 수는 없다. 가족들은 이렇게 변해버린 자신을 받아들이지 못할 테니까.

그래서 호수의 집은 착호의 본부가 되었다.

그리고 지금, 호수는 유일하게 자신을 받아준 그곳을 스스로 버리고 나왔다.

주안이나 제하가 싫은 건 아니었다.

하지만 제하의 황금빛 눈동자에 깜짝 놀랄 때마다 자신도 그와 같다는 걸 새삼스레 깨닫고 표현할 수 없는 괴로움에 휩싸이곤 했다.

호수에게 노란색 눈동자의 의미는 친밀함이 아닌, 고문과 학살과 공포였다.

제하를 볼 때마다 그런 감정을 느끼는 것도 제하에게 못할 짓이었다.

첫 대면 때, 호수가 제하의 잘못도 아닌 걸로 그렇게 몰아붙였음에도 제하는 호수를 다정하고 친밀하게 대해왔으니까.

뒤를 따라오는 발소리가 있었다. 돌아보지 않아도 누군지 알 수 있었다.

세인, 그리고 환.

그런 청각을 갖게 되었다.

예전에는 없었던 능력이다.

어떤 사람들은 인간을 넘어선 능력을 갖게 된 호수를 부러워할지도 모른다.

하지만 호수는 이런 능력이 조금도 달갑지 않았다.

자신이 인간이 아니라는 걸 증명하는 것만 같아서.

"굳이 날 따라올 필요는 없어. 너희는 걔들이랑 아무 문제 없었잖아."

호수는 자신의 목소리가 낯설게 들렸다.

내가 이토록 변변찮은 음성을 가진 녀석이었나?

"아니, 뭐…… 나도 주안이 말 듣고서 울컥 화가 난 건 사실이기도 하고, 주안이가 범들이랑 공생을 원하는 거라면 같이 있기 좀 그렇기도 하고……."

중얼거리는 듯한 세인의 대꾸를 이어 환의 단호한 음성이 들려왔다.

"나는 절대 범을 용서할 수 없어. 범이랑 같이 사는 세상 따위는 상상하고 싶지도 않아."

환의 마음을 호수는 절절히 이해했다.

이것은 착한 범, 나쁜 범의 문제가 아니다.

범의 존재가 그들의 일상을 깨뜨렸다. 그들이 당연히 누려야 할 많은 것을 앗아갔다.

범만 아니었다면…….

'난 지금쯤 집에 있었겠지. 부모님이랑 동생이랑…….'

남들이 부러워할 만큼 화목한 가족은 아니었지만 평범한 성도로는 좋은 사이였고, 이렇다 할 문제가 없었다.

다른 가족들처럼 가끔 말다툼하기는 해도 금방 화해하고 아무 일 없었던 것처럼 웃을 수 있는 사이.

하지만 이제 호수는 가족에게 돌아갈 수 없는 모습이 되어 버렸다. 호수를 본 가족들이 겁에 질리는 모습을 보고 싶지 않았다.

돌아갈 수 없게 되고 나서야 가족이 그리웠다.

만날 수 없게 되고 나서야 그 당연한 일상이 얼마나 소중한 것이었는지 깨달았다.

"너희들, 갈 곳은 있어?"

뒤에서 들려온 목소리는 도건의 것이었다.

호수는 그제야 걸음을 멈추고 천천히 뒤를 돌아봤다.

세인과 환의 뒤로 도건이 휘적휘적 걸어오는 게 보였다.

세인과 환을 지나쳐 걸어온 도건이 호수의 앞에 서서 눈을 맞췄다.

"넌 제하랑 친하잖아."

"친하지. 하지만 난 이제 누구누구랑 편 나누는 놀이를 할 나이는 아니라서. 게다가 내가 원래 좀, 뭐라고 해야 할까? 심성이 곱다고 해야 하나?"

호수는 도건이 무슨 말을 하려는 건지 알 수 없었다.

껄렁해 보이는 외모와 달리 깊고 진중한 눈동자가 조용히 빛났다.

"하여간 그래서, 불쌍한 것들을 그냥 놔두질 못해."

"나는 불쌍하지 않아."

"아니, 넌 불쌍해. 너도 알잖아. 돌아갈 곳도 없는 신세가 얼마나 처량하고 불쌍한 건지."

"너……!"

호수가 도건의 멱살을 잡았지만 도건의 눈은 여전히 흔들리지 않았다.

"계속 이렇게 날을 세우고 적을 만들 거야? 이게 네가 네 불쌍함을 포장하는 방식이야?"

호수의 손에서 힘이 빠졌다.

일렁, 흔들리는 호수의 호박색 눈을 보며 도건이 말했다.

"전에 동생들이랑 같이 살던 곳이 있어. 좀 좁기는 해도 지낼 만할 거야."

동철은 오랜만에 얼굴을 보인 성진을 보며 차게 웃었다.

"이 개새X. 죽으러 왔냐?"

성진은 동철의 앞으로 달려가자마자 무릎을 꿇고 바닥에 이마를 박았다.

"대장, 잘못했습니다."

"잘못을 알아? 그런 새끼가 그 개 같은 짓을 벌여놓고 이제야 슬금슬금 기어들어 와? 내가 너 때문에 이 빌어먹을 여론을 바꾸느라 돈을 얼마나 뿌려댔는지 알아?"

"잘못했습니다. 하지만 대장, 제가 수습할 수 있습니다."

"수습? 이 미친놈."

동철이 껄껄 웃었지만 그의 눈에는 웃음기가 없었다.

"수습하고 싶으면 사람들 앞에서 다 네 탓이라고 용서를 빌고 스스로 목숨을 끊든가."

"그것도 할 수 있습니다. 하지만 대장, 그전에 제가 호랑나비를 위해 할 수 있는 일이 딱 하나 더 있습니다."

"하! 이 미친 새끼. 내가 왜 또 널 믿겠냐? 엉? 그냥 가라, 성진아. 우리 호랑나비가 요새 이름값이 많이 떨어져서 너까지 시체로 발견됐다가는 여러모로 시끄러워질 것 같거든. 그래서 살려주는 거니까 감사하게 여기고 내 눈앞에서 꺼져."

하지만 성진은 엎드린 채 꿈쩍도 하지 않고 말했다.

"대장. 제가 이미 실험도 해봤습니다. 이건 됩니다. 확실한 방법이에요."

동철은 팔짱을 끼고 앉아서 성진을 내려다봤다.

성진은 약간 비열한 구석이 있기는 해도 머리가 나쁜 녀석은 아니었다.

굳이 제 발로 찾아와서 이러는 데는 이유가 있을 것이다.

"뭔데? 한번 들어나 보자."

제 38 화

후포

갑자기 동철에게 불려 온 경태는 성진 때문에 한 번 놀라고, 부른 이유 때문에 또 한 번 놀랐다.

"포수로…… 제하라는 놈이 나올 때까지 알림을 보내다가, 나오면 동시에 덮쳐서 죽이자고요?"

"그래. 우리가 누르는 건 아니야. 이미 내가 눌러서 불러내봤거든. 아마 그놈이 나왔는데 아무도 없으면 또 나라고 의심하겠지."

성진이 신이 나서 설명했다.

"일반인 중에 돈만 주면 뭐든 하는 놈들이 널려 있어. 그런 놈들한테 한동안 공짜로 뒤를 봐주겠다고 하면 덥석 하겠다고 할 거란 말이지."

경태는 성진의 말이 귀에 하나도 들어오지 않았다.

몇 달 전 백화점 사건 때, 제하 일행은 희생자들을 구하기 위해 목숨을 걸고 싸웠다.

하지만 위대한 호랑나비의 사냥꾼인 우리는 무얼 했나?

제하를 총으로 쐈다.

성진 팀은 도와달라는 사람을 내버려두고 도망쳤다.

지금 호랑나비를 향한 저평가는 전부 그들 자신의 탓이지 제하 일행, 이제는 착호라 불리는 그들의 탓이 아니었다.

그런데 왜 자꾸 그들을 죽이려 하는 걸까?

"대장."

성진의 설명이 끝나자마자 경태는 동철을 돌아봤다.

"지금 착호를 건드리는 건 좋지 않을 것 같습니다. 요새 범들 움직임이 좀 이상해요. 게다가 갑자기 실종되는 범 사냥꾼들도 늘어나고 있고요. 우리 호랑나비 중에도 갑자기 연락이 끊긴 녀석이 몇 명 있거든요."

경태는 동철의 표정이 어두워지는 걸 눈치채지 못했다.

"착호를 치는 것보다는 범을 사냥하는 데 집중하는 편이……."

철썩-!

말이 끝나기도 전에 뺨을 때리는 날카로운 소리가 공기를 갈랐다.

고개가 돌아가고 난 후에야 경태는 그것이 제 뺨에서 난 소리라는 걸 깨달았다.

성진이 짜증 섞인 눈으로 경태를 노려보고 있었다.

"형님……?"

"이 멍청한 새끼가!"

철썩-!

"대장께서 먹여주고!"

철썩-!

"키워주고, 재워주고!"

철썩-!

"팀장 자리에까지 앉혀줬더니!"

철썩-!

"제 주제를 모르고 기어올라?"

철썩-! 철썩-! 철썩-!

성진이 사정없이 경태의 따귀를 때렸지만 동철은 팔짱을 낀 채 냉랭한 시선만 보내고 있었다.

그제야 경태는 동철도 성진과 같은 뜻이라는 걸 깨달았다.

경태의 입술이 터져 피가 날 때까지 때린 성진은 그래도 분이 안 풀리는 듯 경태의 정강이를 걷어찼다.

그제야 동철이 말했다.

"애를 너무 괴롭히지 마라."

"죄송합니다, 대장. 이 새끼가 주제도 모르고 훈수를 둬서 버릇 좀 고쳐줬습니다."

"그래서, 경태야."

동철이 다정하게 경태를 불렀다.

"안 할 거라고?"

"제하."

어둠 속에서 노란 눈을 빛내며 후포는 제하의 이름을 읊조렸다.

"제하."

제하의 아버지인 풍래는 한때 후포와 막역한 사이였다.

까마득히 오래전의 그 전쟁에서 풍래는 잿빛 털을 휘날리며 후포와 함께 싸웠다.

그리고 그 전쟁에서, 풍래는 타배의 척살검에 여동생을 잃었다.

그랬던 그가 인간 여자, 그것도 결계를 지키는 여자와 사랑에 빠져 동족을 배신할 줄은 꿈에도 몰랐다.

인왕산에서 제하를 마주했을 때는 만감이 교차했으나, 결국 끝까지 남은 것은 증오였다.

배신자의 핏줄.

또한, 제하는 타배와 같은 잡종이었다.

그리하여 망설임 없이 죽일 수 있었다.

"차라리 그때 죽었더라면 너도 나도 편했을 텐데."

제하는 살아 있었고, 심지어 타배의 무기인 척살검까지 손에 넣었다.

척살검.

그 전쟁에서 타배는 척살검으로 범들을 사정없이 도륙했다.

한때 친구로 지냈던 범들을 눈 하나 깜빡하지 않고 베어 죽였다.

암흑처럼 새까만 척살검은 마치 그 자체가 생명을 가진 것처럼 움직였다.

후포는 자신의 손을 내려다봤다.

그림자 세계에 갇혀 있느라 힘이 많이 사라졌다.

신시에 나온 후에도 인간을 많이 먹지 않아서 힘을 완전히 회복하지 못했다.

지금 척살검을 가진 상대와 싸웠을 때의 승패를 후포는 가늠할 수 없었다.

"힘을 더 비축해야겠지."

인간에게는 그들도 깨닫지 못하는 상고시대의 힘이 남아 있었다.

그래서 범들은 인간을 먹으면 그림자 세계에서 버틸 힘을 조금이나마 회복할 수 있었다.

"허서는 지금도 문제없다고 생각하는 것 같지만……."

후포는 조심성 많고, 확실한 것을 좋아하는 성격이었다.

제하가 풍래의 힘을 많이 물려받았다면, 거기에 무녀였던 어머니의 힘도 많이 물려받았다면.

'어쩌면 타배 같은 힘을 발휘할 수 있을지도……'

범은 타배를 이길 수 없었다.

타배는 범의 힘도, 곰의 힘도 완성된 상태로 가지고 있었다.

타배를 떠올리자 명치가 쑤셔왔다.

증오, 분노, 그리고 아주 약간의 슬픔.

아무리 생각해도 모르겠다.

타배는 왜 그렇게 우리 범들을 학살한 걸까?

그 자신도 범의 피를 타고났으면서.

타배가 어릴 때 잡종 취급을 했던 것 때문이라면 너무하다.

타배를 잡종 취급한 건 범들만이 아니었다. 곰들도 마찬가지였다.

하지만 타배는 곰의 편에 섰고, 곰을 위해 싸웠다.

'대체 왜?'

이제 와서 그 이유 따위 아무래도 상관없다고 생각하지만, 자꾸만 그쪽으로 생각이 향하는 것을 막을 수는 없었다.

그저 곰의 후손을 모조리 죽이고 싶은 생각뿐이었는데, 신시에서 보내는 시간이 후포의 마음을 무디게 만들었다.

이건 다 허서 때문이다.

인간들이 만든 TV 프로그램을 좋아하는 허서가 틈만 나면 후포에게 인간들에 대한 바보 같은 소리를 늘어놓는 바람에 마음이 허물어진 탓이다.

후포는 천천히 숨을 몰아쉬며 타배에 관한 생각을 걷어내고 어둠 속을 응시했다.

'나쁜 아이는 어디 있나?'

인간이 싫지만 그렇다고 아무나 다 잡아먹는 건 내키지 않는다.

그래서야 짐승과 다를 게 없다.

잡아먹는 건 나쁜 놈들만, 착한 녀석들은 남겨뒀다가 나중에 신시를 지배했을 때 노예로 삼겠다는 모토를 버리지 않았다.

그건 척살검을 발견한 지금도 마찬가지다.

후포는 눈을 감고 바람결에 실려 오는 소리에 청각을 집중했다.

차가 지나다니는 소리, 사람들이 대화하는 소리, 누군가 싸우는 소리, 그리고……

"이, 이 애만이라도 살려주세요. 이 애는 아직 아무것도 몰라요. 제발 부탁드려요. 이 애만은 살려주세요. 제발……."

한 여인이 간절히 애원하는 소리.

'저기구나!'

후포는 소리가 들려온 곳을 향해 내달렸다.

공기를 밟고 바람을 가르며 달려서 도착한 곳은 어느 주택

가였다.

겉에서 보기에는 아늑하고 안전할 것 같은 평범한 주택가.

"흐아아아앙!"

거기에 아이의 울음소리가 밤공기를 가르고.

"아, 아이는…… 아이는 제발……!"

한 남자의 애원이 밤공기를 찢었다.

다른 주택에도 사람이 있는 게 분명하지만 창문은 열리지 않았다.

다들 이 가족에게 닥친 불행이 자기들에게도 찾아올까 봐 문을 꼭꼭 걸어 잠그고 숨을 죽이고 있었다.

"그렇다는데, 어떻게 할까?"

"어떻게 하긴 뭘 어떻게 해? 세상에서 제일 맛있는 건 어린애 고기라는 걸 알려줘야지. 목을 똑 따서 먹여주면 저놈들도 맛있게 먹을걸."

들려오는 소리에 후포는 우뚝 멈췄다.

후포는 전신주 위에 서서 아래에 보이는 주택 마당을 내려다봤다.

아이의 부모로 보이는 남녀가 무릎을 꿇고 있고, 두 명의 범이 남녀를 내려다보며 서 있었다.

그리고 검은색 줄무늬를 가진 범이 아이의 머리를 잡아떼어
내는 시늉을 하고 있었다.

아이 부모의 울음소리가 커졌다.

아이 아버지 쪽은 거의 까무러칠 것 같았지만, 아이 어머니
는 무릎으로 기어가서 줄무늬 범의 다리에 매달렸다.

"살려, 살려주세요. 뭐든 할게요. 제발, 살려주세요. 우리 애
는 살려주세요."

"엄마아아아아아!"

아이가 울었다.

줄무늬 범이 히죽 웃으며 아이 엄마를 걷어찼다.

엄마가 날아가는 걸 보며 아이가 자지러지는 소리를 냈다.

후포는 눈앞에서 벌어지는 광경을 믿을 수가 없었다.

'저게 대체……?'

줄무늬 범도, 그 옆에 있는 노란색 범도 후포가 아는 중급
범들이었다.

후포보다는 마로를 잘 따르던 녀석들.

마로 쪽 범들이 후포의 방침을 별로 좋아하지 않는다는 것
정도는 알고 있었다. 그래서 애고 어른이고 가리지 않고 인간
이라면 전부 잡아먹고 다닌다는 것도 알았다.

그래도 뭐라 하지 않았다.

그 분노와 증오를, 후포는 충분히 이해하니까.

후포의 방침은 따를 자만 따르면 될 일이었다.

하지만 저건 안 된다.

저런 식으로 가지고 놀다니.

저건 틀렸다.

잡아먹을 때는 고통 없이 단숨에 먹어치워야 한다. 그게 사냥감에 대한 배려이며 매너이다.

'못 봐주겠군.'

후포가 말려야겠다고 생각했을 때였다.

"이 새끼들!"

범 사냥꾼들이 등장했다.

아마도 아이 부모 중 누군가가 포수를 사용한 것이리라.

총을 쏴대며 등장한 범 사냥꾼들의 모습에 후포는 탄식을 삼켰다.

저 사냥꾼들은 줄무늬 범과 노란 범을 상대할 실력이 되지 못했다.

후포의 예상대로, 후포가 도와줄 틈도 없이 범 사냥꾼 세 명이 전투 불능 상태가 되었다.

노란 범은 아이 부모가 보라는 듯, 입을 크게 벌리고 범 사냥꾼 한 명을 통째로 삼켰다.

"으…… 흐으으으……."

아이를 위해 잘 버티던 아이 엄마도 이제는 허물어졌다.

역시 저 녀석들은 그냥 놔둬서는 안 되겠다.

아래로 내려가려던 후포는 다시 멈출 수밖에 없었다.

노란색 범과 줄무늬 범 뒤로 무언가 접근하고 있었다.

그것은 여러 개의 곤충 다리를 가진, 여자였다.

분명 인간 여자 같은 몸뚱이를 갖고 있는데 얼굴은 그저 새까만 달걀처럼 눈코입이 없었다.

이 세상에 존재할 것 같지 않은 생물.

상고시대부터 살아온 후포조차 처음 보는 생물.

기묘한 생물의 모습에 후포의 근육이 굳었다. 그래서 대처가 늦었다.

거미 여자의 다리가 가로로 빠르게 움직였다.

범들의 허리가 반으로 갈렸다.

투욱-!

줄무늬 범이 들고 있던 아이가 바닥에 떨어지고, 그와 비슷하게 범들의 상체도 스르륵 허물어져 바닥을 굴렀다.

"끼이이. 끼에에에에."

거미 여자는 괴상한 소리를 내며 처덕처덕 걸어갔다.

창처럼 날카로운 다리가 범들의 사체를 꿰뚫고 지나가 아이까지 꿰뚫으려는 그 순간.

째애액-!

후포가 몸을 날려 아이를 끌어안고 굴렀다.

후포는 아이를 보듬어 안은 채, 눈앞에 있는 기괴하고도 강해 보이는 생물을 노려보며 외쳤다.

"이게 대체 뭐냐아아아!"

〈7FATES: CHAKHO〉 3권 끝

7 FATES
CHAKHO 3
WITH BTS

2023년 12월 20일 초판 1쇄 발행

기획/제작 | HYBE
공동기획 | WEBTOON

발 행 인 | 정동훈
편 집 인 | 여영아
편집국장 | 최유성
편   집 | 양정희 김지용 김혜정 김서연
디 자 인 | DESIGN PLUS

발 행 처 | (주)학산문화사
등   록 | 1995년 7월 1일
등록번호 | 제3-632호
주   소 | 서울특별시 동작구 상도로 282 학산빌딩
편 집 부 | 02-828-8988, 8836
마 케 팅 | 02-828-8986

ISBN 979-11-411-1990-4 03810
ISBN 979-11-411-1987-4 (세트)

값 9,800원